진짜 좋은 거

진짜 좋은 거

글·그림 오쭈카

SNOWFOX

시간 여행이 가능하다면,

그래서 예전의 나를 만날 수 있다면,

그러면 꼭 전해주고 싶은 것이 있다.

진짜 좋은 게 뭔지 몰랐던 나에게 주는

힘

좋은 것
나쁜 것
가짜

그리고
진짜에 대한

ㄱ
ㄹ
ㅣ
ㅁ

"만인이 오직 좋은 것을 구하지만
실제로 좋은 것이 무엇인지는 알지 못한다."

-소크라테스-

다들 하니까 나도 그냥 하고
모두가 그렇다고 하니까 그런 줄 알고
사람들이 다 좋다고 하니까 좋은 거라고 믿어온

나···,

내가 (원)하는 것들이 뭔지 잘 알지도 못하면서
(원)했던

나···,

성공의 본질이 무엇이고
행복이란 게 정말 뭔지
그러니까 내가 그토록 원하는
그 '좋은 게' 뭔지를
잘 알지 못한 채 원하기만 했던

나···,

그런 '나'와 세상의 모든 '나'에게 전하는

금
리
ㅁ

목차

감사의 글

이 책은 정말 많은 분의 도움 덕분에 세상에 나올 수 있었습니다.
'저를 선택하지 않으셨음에도'
낳아주시고 키워주신 부모님의 무조건적인 사랑에 감사드립니다.

마음에 대한 공부의 중요성을 제게 처음 알려주셨던 사랑하는 엄마
그리고 '평범하지 못한' 아들에게
모든 걸 아낌없이 주셨던 아버지께 감사의 마음을 보냅니다.

또한 소중하고 아름다운 지혜를 나눠주신
밍규르 린포체 님 외 많은 스승님께 감사를 전합니다.

이 책이 완성되기까지 오랜 시간 동안 믿고 기다려준
사랑하는 아내에게 특히 고맙습니다.
아내의 헌신과 격려가 없었다면
이 책은 세상에 나오지 못했을 것입니다.

응원을 아끼지 않으신 장모님께도 진심으로 감사드리며
곧 쾌차하셔서 진짜 좋은 것들을 더 많이 보실 수 있기를 바랍니다.

누나들, 매형들과 동생들, 처남과 처형, 친구, 선후배, 동료 등
지인 분들과 사랑스런 나의 학생들, 텀블벅을 통해 후원해주신 분들
한 권의 책으로 세상에 나오기까지 애써준 스노우폭스북스

그리고 일일이 직접 언급하지 못한 모든 이에게
깊은 감사를 보냅니다.

마지막으로,
나의 성장을 가능하게 한 고통과 시련의 날들에 특히 감사합니다.

모두의 행복을 바라며
은태현

1장

나는 행복해지고 싶었어요

첫꿈(꿈 툭 튀)
난 행복해지고 싶어요

1980년대 국민학생들의 꿈은 대부분 비슷했다.

대통령, 과학자, 변호사, 의사….

꿈이란 건 그저 장래 희망을 의미하던 때였다.

꿈을 써오라는 숙제에 우리는 대게 그런 '위대한 직업'을 적어냈지만 아마도 마음 한구석에는 슈퍼맨 같은 솔직한 직업들을 숨겨두었을 것이다. 적어도 나는 그랬다.

4학년 여름방학 어느 날 저녁, 아버지가 나를 서재로 부르셨다.

책으로 가득했던 아버지의 서재는 어려운 지식들의 압박으로 무겁고 경건한 분위기였다. 그곳은 작았던 나를 더 작게 만들어버리는 그런 공간이었다.

아버지께서 물으셨다.

"넌 커서 뭐가 될래?"

생각이 많았던 내 머릿속을 더 혼란스럽게 만드는 질문이었다.

장래 희망을 물으시는 건지, 내가 하고 싶은 게 뭔지를 알고 싶으신 건지 헷갈려서 대답하기까지 시간이 조금 걸렸다. 사실 나는 그 질문의 의도와 아버지가 내심 원하고 있었을 적당한 답을 알고 있었다.

그렇지만 나는 이상한 대답을 해버리고 말았다.

"저는 평범한 회사원이 되고 싶어요."

사실 회사원이 되고 싶었던 게 아니다.

제목은 기억나지 않지만 어느 만화에서 아내와 아이들과 함께 웃으며 사는 한 남자의 모습이 너무나 좋아 보여 '나도 저렇게 행복하게 살고 싶다'는 생각을 갖게 된 것 같다. 마침 그 주인공이 평범한 회사원이었던 거다.

나를 꾸짖는 아버지를 원망하지는 않았다. 하나밖에 없는 아들놈의 보잘것없는 꿈이 실망스러우셨을 테니까.

오해라면 오해지만, 군이 해명하고 싶지는 않았다. 나도 내 **꿈**을 정확히 인지하고 말한 건 아니었기 때문이다.

그냥 나도 모르게, **툭 튀**어나온 말이었다.

그 공간이 주는 스트레스 때문에 잠시 정신이 몽롱해졌던 탓인지,

아니면 종이와 잉크 냄새에 섞인 화학성분에 취해서 그런 건지는 모르겠다. 내가 그런 꿈이 있었다는 것을 나도 이날 처음으로 알았다. 난 그저 행복하고 싶었을 뿐인 아이였다.

너무 큰 꿈

미션 임파서블

나에게 하나님 아버지는 꽤나 두려운 존재였는데, 내 육체의 아버지도 그 못지않았다. 그런 아버지가 둘씩이나 있다는 사실이 나는 꽤 버거웠다.

아버지 두 분이 나에게 바라시는 건 많았다. 내가 궁극적으로 꿔야 하는 꿈을 주었고, 그 꿈을 이루기 위해 내가 해야 하는 것들을 주셨다. 아마 그래서 내가 어릴 적에 딱히 원하는 게 없었던 것 같다. 이미 내가 해야 하는 것이 너무 많았고, 내가 원하는 것들은 어차피 바람직하지 못한 것들이라고 믿었기 때문이다. 궁극적인 목표는 하늘나라로 정해져 있는데 내가 어찌 다른 세속적인 꿈을 가질 수 있을까.

내가 훌륭한 직업을 꿈꾸기를 바라셨던 육체의 아버지 때문에 조금은 혼란스러웠지만, 아마도 위대한 직업을 갖고 '잘' 살다가 나중에 죽어서 하늘나라에 가면 두 분의 바람대로 되겠거니 생각했다.

어차피 가야 할 곳은 천국이었으니 판검사쯤은 큰 꿈도 아니었다. 그렇지만 천국에 들어가는 미션은 바늘구멍에 들어가는 것만큼 너무나 어려워 보였다. 성경에 쓰인 대로 산다는 건 거의 불가능에 가까워 보였다.

나에겐 아버지가 둘이었다···.

나 스스로를 두고 판결을 내려보면 무조건 지옥행이었다. 내 모든 것을 다 아시는 전지전능하신 하나님 아버지에게 내 죄를 숨길 수도 없으니 당연했다. 그래서 애초에 그냥 포기할 수밖에 없었다. 어린 나에게 천국은 가당치도 못할 만큼의 큰 꿈이었다.

"산타할아버지는 알고 계신대~ 누가 착한 앤지, 나쁜 앤지~"

이 노래를 들으면서 소름 끼쳤던 아이가 과연 나밖에 없었을까?

태어났을 때 나는 이미 기독교인이었고
대한민국 국적을 가진 오 씨 성의 남자 아이였다.
나의 정체성이 내 의지와 상관없이 정해진 채 태어났다는 말이다.

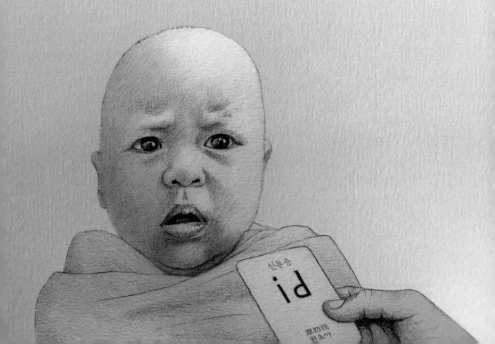

그렇게 중요한 문제를 내가 제대로 이해하지도
동의하지도 못하지만 무조건 따라야 한다는 건
썩 유쾌하지 않은 일이다.

이런 상황에 대한 불만 때문이었는지 모르지만
나는 태어난 후 얼마 동안 꼭 필요한 옹알이 외에는
아무 말도 하지 않았다.

이미 누군가가 정해놓은 지식들을 내가 이해하지 못해도
군소리 없이 믿고 외워야 하는 입장은 학교에서도 마찬가지였다.
충분히 이해하기를 기다렸다가는 빵점을 맞을 것 같아 서둘러서 외웠다.

구구단과 주기도문을 외우고 국기에 대한 맹세도 해야 했다.
내가 선택하지 않은 '조국과 민족을 위하여 몸과 마음을 바쳐
충성을 다할 것'을 동의하지는 않았지만 굳게 다짐해야 했다.

학교도, 교회도, 집도….
그래서 모든 것이 재미없었다.

재미는 없지만 옳은 길 위로
어딘지 아무도 모르는
그저 가라고 하는 저 높은 곳을 향해
열심히 걷고 걸었다.

이해하는 척도 했고
이해했다고 오해하기도 했다.

그래도 난 멈추지도 반대로 향하지도 않았다.
그럴 의지도 용기도 없었다.

첫 의문?

내가 행복으로 향하고 있지 않음을 알게 된 날

재미없이 공부를 하고 있던 어느 늦은 저녁, 진짜 꿈을 툭 내뱉었던 그날처럼 이날도 내 의지와 상관없이 갑자기 짜증이 났다. 이해하지 못하는 세상의 꽁무니를 졸졸 따라가고 있는 내가 불현듯 너무 한심하고 찌질해 보였다.

"하…, 나 원 참…. 내가 이해하지 못하는 것들을 내가 왜 계속 동의해야 하는 거지? 이것들은 정말 이해할 수 없는 것들인가? 아니면 언젠가는 이해하고 수긍할 수도 있는 것들인가? 내가 아직 어려서, 내가 멍청해서 아직은 이해할 수 없는 걸까? 아니면 정말 말이 되지 않기 때문에 이해하지 못하는 걸까?"

물론 이렇게 진지하게 질문하지는 않았다.

"아으씨…" 정도의 짜증이었을 거다. 이해할 수 없는 것들 때문에 답답함은 늘 있었지만 나는 별다른 의문이나 저항 없이 그냥 잘 따르는 착한 아이였다. 그런데 이날은 달랐다.

진리로 알려진 것들이 진리가 아닐 수도 있다는 느낌 그리고 모든 것이 도대체 왜 그래야만 하는지에 대한 의문과 불신이 생기기 시작했다.

물론 이 의문들이 내 인생을 나아지게 한 건 아니다. 전보다 더 혼란스러워졌을 뿐이고 차라리 그전이 나았다고 생각하기도 했다. 이런 의문들에 답할 수 있는 지식이나 아이디어가 내게 있던 것도 아니니, 그저 짜증만 더 늘었을 뿐이다.

하지만 꿈이 생겼던 그날 서재에서 내가 행복을 원한다는 사실을 알게 된 것처럼, 이날은 내가 처음으로 행복으로 향하고 있지 않다는 걸알게 된 것만으로 충분히 의미 있는 날이었다.

어디서부터인지, 무엇 때문인지는 몰라도 **뭔가 잘못돼가고 있다는 느낌**이 들기 시작했다.

내가 선택하지 않은 삶 속에서의 선택은 내 선택인가 아닌가?

내가 태어나기를 선택하지 않은 것처럼, 나는 하나님의 아들이 되기로 선택하지 않았다. 그런데 태어나 보니 하나님은 나의 창조주이며나는 그의 피조물이 돼 있었다. 게다가 피조물답게 살지 않으면 나는죽은 목숨이라고 했다.

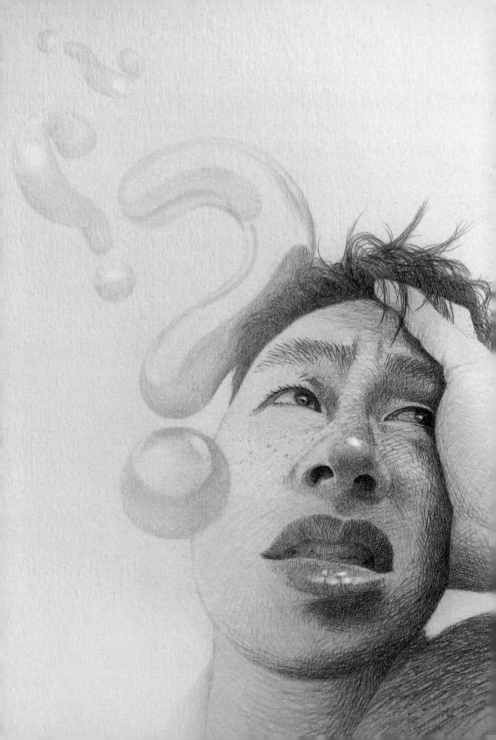

피조물, 아들, 남자, 한국인, 직업이나 역할 등의 정체성과 교회, 집, 학교, 국가와 사회에서 배운 수많은 이념이 가랑비에 옷 젖듯 천천히 '나'를 만들어갔다. 내가 충분히 이해하고 동의한 선택이 많지 않았기 때문인지, 삶은 나 스스로 선택하며 펼쳐가는 즐거운 것이라는 느낌이 들지 않았다. 뭐, 어쨌든 난 나름 열심히 살았고 좋은 대학, 좋은 직장에 다닐 수 있었다.

전공과 직장을 내가 선택한 건 맞지만 내가 선택하지 않은 삶 속에서 내린 결정들이었기 때문에 내가 생각하는 진짜 선택은 아니라고 느꼈다.

마치 내가 원하지 않은 도시에서, 내가 원하지 않은 식당에서 고른 메뉴가 나의 선택이라고 하는 것과 비슷하다고나 할까? '그래도 내가 선택한 건 맞잖아'라며 스스로를 타이르기도 했다.

하지만 이미 다 짜인 삶의 시나리오 속에서 자유 의지를 선물 받았다는 이유로 결국 모든 것이 '네 책임'이라고 하는 말에 왜 그리도 서운하던지….

내가 원하지도 않았던 그것이
얻어지지 않았을 때 느껴야 하는 감정이
도대체 무엇이어야 하는지 몰라서
여전히 답답했다.

첫 선택

내가 정말 원했던 결혼

내가 선택하지 않은 것들로 가득했던 내 삶에서
내가 의도한 첫 번째 선택은 아내와의 결혼이었다.

아내는 종교뿐 아니라 아주 많은 부분에서 나와 다른 삶을 산 사람이었다. 그래서 반한 거지만 또 그렇기 때문에 앞으로 닥치게 될 험난한 전쟁을 예상해야 했었다.

아버지가 원하는 정답을 예상했지만 진짜 내 꿈을 말해버렸던 그때처럼 나는 '그냥' 해버렸다. 사랑하니까 평생 같이 살고 싶은 마음 외에는 아무 생각도 하고 싶지 않았고, 처음으로 내가 원하는 것을 선택해버렸다. 그리고 나는 내가 정말로 평생 함께 살고 싶은 사람과 살게 된 게 마냥 좋았다.

결혼 직후 예상 못한 고통이 몰려왔다. 이전에는 한 번도 느껴보지 못한 마음의 답답함과 통증을 말로는 설명하기 힘들 것 같다. 문화적·종교적 가치관의 대립으로 나는 계속해서 아버지와 충돌했다. 결혼 전에는 내가 이해하거나 동의하지 못해도 그냥 가만있으면 그만이었던 문제였다.

하지만 이제 예전 같이 수동적이고 무기력한 나의 태도는 더 이상 누구에게도 도움이 되지 않았다. 나로 인해 상처받는 이들(아버지와 아내)에게 나는 정말이지 나쁜 사람이었다.

착하고 말 잘 듣는 효자가
못되고 말 안 듣는 불효자가 돼버렸다는 생각은,
중요한 내 정체성 일부의 소멸이었다.

사랑받기 위해 태어난 사람…인 줄 알았는데….
온갖 미움을 다 받는 사람이 된 것 같아서 몹시 괴로웠다.

완벽한 꿈

완벽한 결혼생활

내 선택으로, 내가 사랑하는 사람과 결혼해서 함께 살 수 있다는 것만으로 나는 한없이 행복했어야 했다. 물론 행복했지만 내가 원하지 않았던, 그래서 예상하지 못했던 괴로움들이 그 행복을 덮어버리고 말았다. 내가 원했던 게 그녀와의 결혼 하나였다면 나는 그걸로 만족했겠지만 내 욕심은 훨씬 더 많았나 보다.

내가 딱 좋아하는 그 여자와 결혼해서,
내가 딱 맘에 드는 방식대로 살고,
모두가 만족할 일들만 생겨서 늘 웃음꽃 가득하기를,
그리고 아무런 문제도 일어나지 않기를 원했던 것이다.

끝내주는 삶과 완벽한 행복을 원했다. 그래서 내가 원하던 대로 이뤄지지 않았다는 이유로 나는 불만족을 느낄 때가 훨씬 더 많았다.

만화 속에서 내가 보고 동경한 것은 너무나도 완벽한, 아니 불가능한 즐거움이었나 보다. 내가 생각했던 평범한 회사원의 그 **'평범함'**은 **'완벽함'**이었나 보다.

나의 두 아버지 때문에 꿈을 지나치게 크게 꾼 것이라 생각했는데, 나 역시 너무 큰 꿈, 아니 완벽한 것을 꿈꿨던 거다. 내가 선택하지 않은 삶 속에서는 즐거움도 괴로움도 미미했다. 내가 원하지 않은 것이 얻어지지 않았을 때는 당연히 실망이 크지 않았고, 내가 원하지 않은 것이 얻어졌을 때 역시 크게 즐겁지 않았다.

그런데 간절한 바람 때문일까?

내가 선택한 삶 속에서 느껴지는 감정들은 꽤나 강렬했다. **내가** 사랑하는 사람과 함께 사는 게 정말로 즐거웠지만, **내가** 원했던 행복한 그림이 그려지지 않을 때 오는 실망과 괴로움 역시 매우 강했다.

나의 신혼은 최고의 시기였고, 최악의 시기였다.

희망의 봄이었고 절망의 겨울이었다.

첫 알아차림

눈뜬장님

짜증나는 상황들에 대한 파괴적인 잡념들과 지금보다 더 나빠질 것만 같은 미래에 대한 걱정 사이를 수시로 오가면서 나 스스로를 계속 괴롭히며 살았다. 한 가지 일에 몰두하면 괴로운 생각에서 도망칠 수 있을 거라고 믿었던 나는 최대한 회사업무에 빠지려고 노력했다.

그러던 어느 날 간만에 할 일이 없어서 일찍 집으로 돌아오던 퇴근 길, 어김없이 떠오르는 부정적인 생각들로 미간은 잔뜩 찌푸려져 있었다. 그날따라 유독 심한 스트레스에 속쓰림까지 느끼고 있었다. 나는 걷고 있었지만 걷고 있다는 걸 인지하지 못했고, 눈을 뜨고 있었지만 보고 있다는 걸 인지하지 못했다. 괴로운 잡생각들과 그 생각들이 쏟아내는 파괴적인 감정들 속에 푹 파묻혀 있던 나는, 어렴풋이 그런 나를 인지하기 시작하며 천천히 걸음을 멈췄다.

그러자 내 세상을 가득 채우고 있던 짙은 안개가 물러가는 듯한 느낌이 들었다. 그리고 내 눈앞에 놓인 광경이 선명하게, 있는 그대로 보이기 시작했다. 그다지 멋지다고 할 수 없는 평범한 동네의 모습이었고 까다롭기 그지없는 내 미적 기준에 한참이나 미치지 못하는 그곳이 제법 아름답게 느껴진다는 사실이 정말 놀라웠다.

"잠깐…, 내가 왜 이런 걸 그동안 보지 못했지?"

생각의 안개 속에 온 세상이 묻혀서 그동안 그 어떤 것도 제대로 알아볼 수가 없었나 보다. 나를 괴롭히는 생각들로부터 벗어나고 싶었지만 오히려 곁에 항상 두고 있었나 보다.

온갖 잡생각은 걸을 때나 밥을 먹을 때에도, 무슨 일을 하든 늘 함께했고 그 누구보다 더 가까운 사이였나 보다.

그것들을 집 안까지 들이는 것도 모자라 잘 때조차 함께했던 나는 분명 제정신이 아니었다. 나는 주변을 계속해서 천천히 돌아보았다. 평소와 달리 아무런 분석이나 평가 없이 보이는 것들을 그냥 바라볼 수 있다는 사실에 놀랐고 아름다워 보이는 것이 너무 많아서 다시 한 번 놀랐다. 그리고 한동안 감탄을 멈추지 못했다.

내가 그동안 눈뜬장님이었다는 걸
처음으로 알아차린 날이다.

내가 인지하지 못했을 뿐, 충분히 아름답고 행복한 것들은 이미 내 주변에 있었다. 아름다운 것은 내 이해와 상관없이 아름답다는 것을 알았다. 그리고 내가 선택한 세상이 아니라고 해서 원래 아름다웠던 것이 아름다워지지 않는 것도 아니며, 모든 것은 그냥 있는 그대로 아름답다는 것을 조금이나마 알았다. 아주 가까이 있던 것조차 보지도, 느끼지도 못했던 이유를 나는 더 알고 싶어졌다.

예상과 많이 달랐던 결혼생활로 상처받은 아내는 마음의 치유를 위해서 요가와 명상을 배우기 시작했다. 마음 상태의 평화를 찾는 것이 그 무엇보다 중요하다는 사실을 알아가고 있던 우리 부부는 감사하게도 인도와 티베트의 명상 선생님들로부터 마음의 지혜에 대한 가르침을 받을 수 있었다.

그것은 답답했던 삶에 대한 이해의 출발이었다.

그동안 '내가' 이해하지 못하고, '내가' 동의하지 못한 불만스러웠던 나는 당연히 외로울 수밖에 없었다. 나에게 있어서 **삶이란, 나와 내가 아닌 것들과의 싸움이었기 때문이다.**

'우리'가 행복하지 않다면,
'나' 역시 행복할 수 없음을
이제는 안다.

'좋은 것'을 원함

바람 바람 바람

나는 딱히 원하는 게 별로 없는 아이였다…고 생각했지만,
사실 그렇지 않았다.
단지 내가 무언가를 원한다는 사실을
그 당시에는 인지하지 못했을 뿐이다.
돌이켜보면 내 인생 대부분이 그랬다.
의식하지 않은 상태로 수많은 일을 했다.
제정신이 아니었다는 말이다.
그리고 나는 쉬지 않고 무언가를 원했다.

잠에서 깨어나 가장 먼저 원했던 것은 더 자는 거였다.
몸살이 나서 학교를 안 가도 되기를 바랐다.
숙제 검사를 하지 않기를 바라기도 했고
빨리 점심시간이 와서 뭐든 먹고 놀고 싶었다.
학교가 빨리 끝나기를 기다렸고 군것질을 하고 싶었다.
오랫동안 놀고 싶었고 놀 때는 우리 편이 이기기를 바랐다.
내가 히어로가 되어 모두가 나를 좋아해주는 걸 상상하기도 했다.

숙제가 없거나 간단했으면 했고,
시험을 망치면 성적표가 안 나왔으면 했다.
때로는 학교에 불이 나서 시험지를 흔적도 없이 태워주기를 바랐다.

그동안 나는 정말 많은 것을 원했다.

그렇다고 대단한 걸 바라지는 않은 것 같지만
다시 생각해보면 꽤 대단한 것들이다.
사소한 것이든, 아니든,
내가 원한 것이 그대로 이뤄진다는 것 자체가
마법이라는 걸 그때는 몰랐다.
어린 내가 주로 원했던 것은 혼나지 않는 것,
생리적으로 이득이 되는 것,
재미있는 것, 능력을 갖는 것 등이었다.
내가 '좋은 거'라고 생각하는 것들이 얻어지기를 원하거나
'나쁜' 일이 생기지 않기를 계속해서 원했다.
내가 원했던 것들이 이뤄져 만족스런 때도 있었지만
기대했던 상황이 오지 않아 실망했을 때가 더 많았던 것 같다.
나는 매일 일어나 학교에 갔고 성적표는 어김없이 나왔다.
학교엔 불이 한 번도 나지 않았으며
우리 편이 늘 이기지도 않았다.
결국 나는 히어로가 되지도 않았다.

내게 이득이어서,

그래서 그렇게 원해온 것들이 정말로 가치 있는 것들이라면,

그렇다면 그것들을 얻기 위해 노력하는 것은 전혀 이상할 게 없다.

하지만 내가 얻기 위해 애쓰고 있는 그 '좋은 것'들이 사실은 정말 좋은

게 아니라면, 뭔가 크게 잘못된 게 분명하다.

설령 그것이 정말 좋은 것이라도,

그것을 얻지 못했을 때 느끼는 실망감과 불만족이 계속되는 삶이 과

연 좋은 것이라고 할 수 있을까?

만약 '좋은 것' 그 자체가 좋은 것이 아니라

'좋은 것을 얻는 것'만이 좋은 것이라면,

이 삶은 고통의 연속일 수밖에 없는 거 아닌가?

내가 바라는 대로 모두 이뤄지기를 바라고,
그렇지 못하면 실망할 수밖에 없는 삶은
결코 행복한 삶이 될 수 없다.
내가 생각하는 그 '좋은 것'들은 도대체 무엇이고,
나는 그것들을 왜 그토록 원하는 것이며,
그것이 이뤄지지 않았을 때는 왜 그리도 실망할까?

좋은 것은 반드시 얻어야지만 좋은 것인가?
그것을 얻지 못한다고 해서 좋은 것이 더 이상 좋은 게 아니게 되는
걸까? 나는 그것이 알고 싶었다.

해피 엔딩

엄마의 해피엔딩을 위해 진실이어야만 하는 것을 찾아서

암 투병 중이던 엄마가 돌아가셨다. 이제는 엄마에게 말을 건네기 위해 내가 어디를 향해야 할지 모른다는 사실이 가장 괴로웠다. 엄마가 만약 완전히 사라진 거라면 내가 그 어디를 바라봐도 소용없다는 절망적인 결론밖에 남지 않는다.

엄마의 영혼이 차갑고 어두운 땅속에 머물러야만 한다는 결론 또한 전혀 해피하지 않았다.

하늘나라로 가시는 옵션이 가장 좋겠다고 생각했다. 내가 아는 엄마라면 당연히 천국행이지만, 워낙 엄격하고 까다롭기 그지없는 하늘 문에 들지 못할 가능성이 나를 심히 걱정스럽게 만들었다.

나는 '엄마의 해피엔딩을 위해서 무엇이 진실이어야 할까'를 다시 고민하기 시작했다. 해피엔딩이기만 하면 뭐든 상관없었다.

사람이 죽으면 흙으로 돌아간다는 것은 자연이 된다는 뜻이다. 엄마의 육체적 생명이 끝난 후, 한때 그녀를 이루었던 원자들과 에너지들은 모두 흩어져 자연으로 스며들 것이다. 이것은 과학적인 사실이며 그렇기에 사람이 죽어 바람이 되고 별이 된다는 건 더 이상 시적 표현만은 아닐 수 있다는 믿음이 생겼다.

과학과 자유를 좋아했던 엄마라면 굉장히 맘에 들어 하셨을 결론이다. 육체의 한계를 벗어나 우주 만물과 하나가 된 엄마라면 분명 행복하실 거다. 우리가 상상할 수 없는 고차원적 존재가 된 것이고, 그런 고차원적인 존재라면 슬픔이나 고통과 같은 감정에서도 자유로울 거라 생각하니 나 역시 행복했다.

이제는 저 별들을 보면서 엄마를 볼 수 있고 이 공기를 호흡하면서 엄마를 느낄 수 있다. 이건 분명히 해피엔딩이다.

엄마는 돌아가셨다. 자연으로…

신이 있다면
아마도 우리가 상상하거나 말로 설명하기 힘든
그런 매우 고차원의 존재일 것이다.

신이란 자연이고 우주이며
사랑과 기쁨일 거라는 생각이 들었다.

그리고 만약 그게 사실이라면
나도 이제는
신의 존재를 이해하고 동의할 수 있을 것 같았다.

처음이자 마지막 꿈

행복

나의 첫 꿈(행복한 사람)은 지금 나의 최종 꿈이 되었다. 그래서 행복해지기를 제대로 꿈꿔보고 싶었다. 제대로라는 건, 그냥 막연하게 바라기만 하지 않겠다는 뜻이었다. 행복이 뭔지 제대로 이해하고 싶었고, 행복하기 위해서는 무엇을 어떻게 해야 하는지 제대로 알고 싶었다.

무엇보다 나는 '지금' 행복하고 싶었다. 행복이란 말이 너무 거창해서 어렵게 느껴지는 것일 뿐, **행복**이란 그저 **'지금 내 마음이 조용한 상태'**를 의미함을 배웠다.

이제는 천국이라는 말이 너무 거창해서 어렵고 멀게만 느껴질 뿐, 그저 행복을 장소로 지칭한 거라 믿는다. 오랜 세월 수많은 사람에 의해 왜곡되어 시간과 장소성이 입혀졌을 뿐 하늘나라라는 것은 하나님 아버지의 율법을 잘 지키고 믿음으로써 구원을 받은 의인만이 먼 훗날 들어갈 수 있는, 그런 보상으로서의 천국이 아님을 알게 됐다. 그 **천국**은 늘 여기 내 마음속에서 발견될 수 있는 **마음 상태**이며 지옥 역시 마찬가지라는 걸 말이다.

나는 그런 행복을 제대로 이해하고 싶어서 밤낮없이 스스로 질문했고, 과학과 인문학, 종교와 철학, 심리학을 뒤졌다. 하버드 대학에서도 인정하는 지혜학교가 인도 첸나이에 있다고 해서 그곳(One World Academy)을 찾아가 공부도 했다. 아내와 나는 그곳에서 명상과 지혜의 가르침을 받을 수 있었다. 나는 수업이 끝나고 집요하게 많은 질문을 퍼부었다. 친절한 설명 가운데 가장 주요했던 말씀은 이랬다. 그 지혜들을 이해하는 것이 매우 중요하지만, 그것보다 더 중요한 것은 충분히 이해한 후에는 '그것을 잊으라'는 말씀이었다.

그것을 계속 붙잡고 있으면 그것은 지혜가 아니라 또 다른 이념이 될 뿐이라는 가르침이었다. 나에게는 내 맘에 들지 않았던 이념들을 새로운 이념으로, 더 나은 이념들로 대체시키려는 의도가 있었다는 사실을 알게 되었다. 무엇보다 티베트의 명상 스승인 욘게이 밍규르 린포체(세계 3대 영적 그루, 그의 뇌를 촬영한 신경과학자들에 의해 '지구에서 가장 행복한 사람'이라는 별칭을 받음)의 가르침은 나에게 정말 큰 도움이 되었다.

인도나 티베트 스승들의 근본적인 가르침은 같다. 무엇을 강조하고 어떻게 말하느냐의 차이다. 욘게이 밍규르 린포체는 **'알아차림'**을 그 무엇보다 강조한다. 그리고 아주 쉽게 설명한다. 유창하지 못한 영어 실력인데도 특별한 경우가 아니면 꼭 영어로 강의를 하기에 왜 굳이 그럴까 의문이 들었다. 더 정확하게 지혜를 전달하려면 자기 언어로 해야 되는 거 아닌가 싶었다. 하지만 시간이 지나서 나는 그 깊은 뜻을 알게 되었다(물론 그게 의도였다고 말하신 적은 없지만).

"진리는 그렇게 어려운 게 아니야"라고 말하는 것 같았다. 진리는 굳이 어려운 단어를 쓰지 않아도 된다고 말이다. 그리고 실제로 그렇게 가르치셨다. 명상은 어려운 게 절대로 아니며 명상을 하다가 딴생각이 난다 해도 괜찮다고 원래 그런 거라고.

딴생각이 올라오면, 그저 자신에게 일어나고 있는 것들을 알아차리면, 그러면 된다고 아주 자상하고 쉽게 가르쳐주셨다. 욘게이 밍규르 린포체가 하신 말씀 중에 가장 기억에 남는 것은 "it's ok~!"다.

'이러면 안 돼, 저러면 안 돼, 이렇게 해'라는 생각과 말에 익숙했고 그것이 가장 힘들었던 나에게 그의 가르침은 엄마의 품과도 같았다.

행복은
내가 이해하든, 못하든
동의하든, 동의하지 않든
지금 여기에 항상 존재하고 있다는 것을
나는 계속해서 알아차리고 있는 중이다.

소망의 글

행복을 찾아서

    나만 특별히 힘든 것 같고 남들은 괜찮은 것 같다는 생각이 늘 나를 외롭게 만들었다. 하지만 각자의 상황과 입장이 다를 뿐 누구에게나 어려움은 있다는 사실을 알게 된 후부터 '나는 남들과 다르다'는 생각을 바꿀 수 있었다.

    내가 부딪혔던 천국의 벽은, 성공이라는 이름으로 누군가를 힘들게 했을 것이고, 정체성의 혼란이나 가치관의 차이로 힘들어하는 이도 많다는 걸 알 수 있었다. 행복의 정의에 대한 오해 때문에 행복해지는 일이 너무 힘든 거라고 생각하는 사람도 많다. 그래서 적당히 타협하고 자기합리화하며, "행복을 너무 갈구하는 거 아냐? 행복이 뭐 그렇게 중요하다고…"

    "사는 거 뭐 있어? 그냥 이러고 사는 거지…"라고 생각도 한다(물론 나도 그랬던 때가 있다).

    그렇게 생각하는 이유는 자신이 고통스럽지 않기를 원하기 때문이라고 믿는다. 그들도 결국 나와 다르지 않다는 것을 이해하게 되었고 과거의 나처럼 힘들어하는 이들에게 연민을 느끼게 되었다. 사는 게 행복하지 않은데 그 이유를 잘 몰라서 답답하지만 그저 정해진 대로 따라갈 수밖에 없었던….

　그래서 뭐가 뭔지를 좀 알고 싶어 했던 나와 같은 이들에게 내가 알게 된 '진짜 좋은 것'을 말하고 싶었다. 이 책이 행복을 발견하기 위한 작은 등불이 될 수 있기를 진심으로 바라면서.

　나처럼 부족하고 마음 나약했던 사람에게도 변화가 생겼다는 것은, 이미 위대한 사람이 던지는 말 못지않게 큰 용기가 될 수 있다고 생각한다. 이 책은 무지했던 나 스스로를 향해 던지는 팩트 폭격이다.

2장

환상
속의
그대

Idol

역대 최고의 아이돌 [ido:l- 우상]

Q: 온 인류 역사를 통틀어,
남녀노소, 신분계급, 종파사상, 출신지역을 초월한
역대 인기 순위 1위는?

정답: 좋은 것.
좋은 것은 태초부터 지금까지 1위 자리를 놓친 적이
단 한 번도 없다.

'좋은 것'이 너무 좋은 인간

인간은 좋은 것에 환장한다

인간은 탯줄을 자르고부터
관에 들어가기 전까지
평생 동안 눈에 불을 켜고 '좋은 것'을 좇는다.
인간에게는 좋은 것이
너~~~~~무 좋은 것이다.

'좋은 것'은 인간에게 신앙의 대상이 되었다. 인간은 좋은 것을,

좋아하고

집착하고

숭배한다.

그렇다.

인간은 좋은 것에 환장한다.

잠시 '좋은 것'

Mission Clear

누구는 돈을 너~~~~무 좋아하고,
누구는 성공, 명예, 인기, 지식, 여행, 게임, 술, 쇼핑,
떡볶이를 너~~~~~무 좋아한다.

우리는 우리가 좋아하거나 좋다고 생각하는 세상의 대상을
꼭 얻어야만 행복해질 수 있을 거 같기에
좋은 것을 얻는 것이 삶의 목적이 돼버렸다.

Mission CLEAR

그런데
그토록 원하는 그 대상을 획득하는 순간
그 좋은 느낌은 잠시 머물 뿐 금방 사라져버린다.

(순 삭)

목적이 달성됐으니 그 좋은 것은 이제부터 내가 꼬~~옥 가져야 하는
그 '좋은 것' 항목에서 제외된 것이다.

이제 다음 목적 달성(next Mission Clear)을 위해
또 다른 대상(좋은 것)을 찾아 나선다.

ROUND 2

끝~내주게 좋은 그것

끝나지 않는 끝내주게 좋은 좋음의 끝

웬만큼 좋지 않으면 우리는 '좋다'고 쉽게 인정하지 않는다.
끝~~~장나게 좋아야만 '좋다'.
우리가 정말 좋은 것이라고 인정하는 **'그것'**은 **'좋음의 끝'**이며,
우리가 바라는 최상의 결과로서의 최종 목적지다.
최종 목적지에 도달하기 전까지는 나의 미션이 끝나지 않기 때문에
'아직은' 좋지 못하다.

우리는 그것(그곳)의 존재에 대한 우리의 막연한 믿음을 연료 삼아
쉬지 않고 달린다.

좋음의 끝

그리고
끝내주게 좋지는 않은 것들은 단지
끝내주는 최종 목적지로 가기 위한 '수단'으로 전락하고 만다.

그런데
우리가 끝내주게 좋다고 생각하는
그 좋음의 끝은…

없다.

MISSION
IMPOSSIBLE

ﬁ
ENDless

SSSSSSSS

완벽한 그것

아직은 아닌 것은 존재하지 않는 허상이다

휴가는 좋은 것일까?
휴가가 좋은 휴가일 수 있으려면
빈둥거릴 수 있는 시간과 마음의 여유
맘에 쏙 드는 여행지와 최고의 상황
그리고 그 모든 것을 가능케 할
넉넉한 자금이 필요하다.
좋은 휴가가 되기 위해 필요한 것은 정말 너무 많다.

우리가 생각하는 좋은 휴가란 완벽한 휴가다.
한두 가지라도 충족되지 못하면
나쁘지는 않지만 그렇게 좋지는 않은,
그냥 그런 휴가가 된다.

완벽한 휴가?

끝~~~~~~~~~~~~~내주게 좋은 휴가가 되기 위해 갖춰져야 할 것은 끝이 없다. 돈, 성공, 명예…, 사람들이 좋아하는 그 '좋은 것'들 역시 정말 완벽한 것들이다. 그래서 끝(!)내주길 원하지만 그것을 향한 우리의 질주는 어쩐 일인지 끝나지(.) 않는다.

'언젠가는' 완벽해질 그것은

지금은 존재할 수 없는 허상일 뿐이기에

그 완벽한 개념에 인간계 생명체들은 결코 도달할 수 없다.

제정신으로는
갈 수 없는 그때, 그곳

무의식이 진짜를 가린다

언제나 '아직은' 완벽하지 않은 그것은
우리가 손에 넣을 수 있는 것이 아니다.
우리는 아직 만족스럽지 못한 지금을 뒤로한 채
그곳으로 향한다.

우리는 정신없이, 그리고 무의식으로 무장한 채
두 눈을 질끈 감고 완벽의 끝을 향해 달린다.
의식 속에서 소멸될 수밖에 없는 무의식은
자신의 존재를 위협하는 의식과 내가 함께하는 것을
필사적으로 방해한다.

내가 의식적이지 않아야만 무의식이 살아남을 수 있기 때문이다.
무의식은 내가 감정과 생각에 반응하게 만들며
끝내주는 것에 대한 욕심과 집착 때문에
'진짜' 세상을 지나치게 만든다.

무의식이 원하는 것은 우리가 '완벽한 그것'을 향해
정신없이 그리고 쉼 없이 달려가는 것이다.

지금 내가 여기에, 이 순간에만 집중할 수 있다면,
그래서 **진짜를 볼 수 있다면**
무의식의 질주를 멈출 때
'완벽한 그것'에 대한 허상에서 빠져나올 수 있다.

환상적인 무의식, 그곳은 모든 것이 허용되는 무법지대다.
무의식에서는 이유나 논리가 없다. 모든 것이 허용되는 곳이니까.
무의식은 정상적인 사고 과정이 아니며, 논리와 규칙이 무시되며
와해된다.

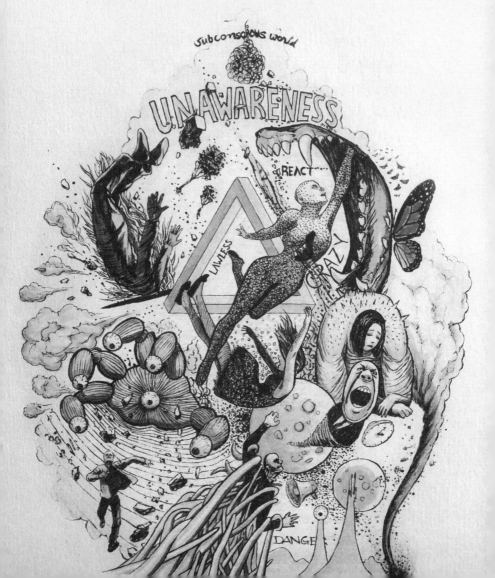

어린 시절 겪었던 경험, 트라우마와 콤플렉스 또한 무의식 속에 숨어 있다. 그래서 어떤 대상을 이상화하기도 하고, 스스로 전지전능한 기분이 들기도 한다. 심리학자 맥스웰 말츠는 자신의 저서에서 무의식은 "논리와 판단도 따르지 않는 기계와 같다"고 설명했다.

맞다. 무의식은 자신의 행동에 자각이 없는 상태다.
혼수상태처럼 의학적으로 의식이 없는(無) 상태라기보다
비(非)의식적 상태를 의미한다.
그래서 우리는 제정신이었다면 하지 않았을 짓을 하게 된다.

우리가 오늘 한 일 중에서 의식적으로 한 일은 얼마나 될까?
실제로는 습관 때문에 무의식적으로 한 행동이라는 것조차
알아채지 못한다. 무의식적 기질은 자동적이며 매우 강력하다.
말 그대로 무의식적으로 한 생각들이기에 그 생각에 문제가 있다는
사실조차 인지하지 못한다. 아무리 분명한 사실을 접해도
우리의 신념과 고집은 그 사실을 거부한다.

습관 → 무의식적인 행동과 사고 → 정해진 운명
내가 혼자라고 믿고 두려워하는 것,
진짜 결핍과 진짜 좋은 것에 대한 오해,
모든 것은 변한다는 사실에 대한 무지.
아무리 대단한 것이라 해도
그것을 의식하고 이해할 수 없다면 아무런 소용이 없는 일이다.

의식은 싸우거나 거부하지 않는다.
의식 안에 머문다는 것은 붙들고 있던 생각들을 놓아주고
이해를 바탕으로 활짝 열린 것이다.
의식은 변해가는 모든 것을 지켜보는 목격자다.
바로 지금 경험의 흐름을 지켜보는 **'의식'이 바로 나다.**
나는, 마음을 바라보는 의식이다.
아무리 대단한 것이라도
그것을 의식하고 이해할 수 없다면 아무런 소용이 없다.

세상 가장 아름답고 높은 산에 올라
떠나간 옛사랑을 생각하거나
앞으로 뭘 할까를 생각한다면
군이 그곳에 기어이 올라간 이유가 뭔가!

오직, 지금 거기!

그곳의 바람과 냄새, 눈에 들어오는 구름과
내 몸의 반응들을 알아차리지 않는다면

오직 그 순간!

거기 있었다고 말할 수 있을까?

진짜와 가짜

진짜가 아니면 아무것도 아니다

'진짜'는 지금 여기, 있는 그대로의 모든 것이다.
'가짜'는 그때, 거기에만 있을 수 있는 허상이다.
'끝내주게 좋은 그것'은
나로 하여금 지금 내 앞에 펼쳐진 진짜 세상이 완벽하지 않기 때문에
좋은 게 아니라고 믿게 만든다.

진짜는 그냥 있는 그대로의 '모든 것'이다.

모든 것(everyhing)이 진짜라는 말은
모든 것이 아닌 것은 아무것(nothing)도 아니라는 말과 같다.
가짜는 사람이 만들어낸 가상의 존재다.
가짜는 언어와 개념으로만 존재한다.
사실 가짜는 원래 없다.
과거의 시간은 없다.

그것은 존재하지 않는다.
이미 사라졌고 소멸됐다.
미래는 없다.
미래의 시간은 도래하지 않았다.
그것은 정해지지 않았다.
그렇기에 진짜는 오직 지금 여기 **이 순간**뿐이다.

생각으로만 존재하는 것, 실제로는 없는 것에 몰두한 나머지
실제로 있는 진짜 세상이 사라지고 있다.
산 것도 죽은 것도 아닌 좀비는 영화에서나 나올 수 있는 가상의
존재일 뿐이다. 진짜와 아무리 흡사해도 가짜는 진짜가 될 수 없다.

모든 것은 진짜거나
아무것도 아니다.

우리는 좋은 것이 매우 **환상**적일 거라는 **환상**에 빠져
이 세상에 없는 것에 **환장**한다.

환상
ILLUSION

빨간 약 줄까?
푸른 약 줄까?

feat. The MATRIX

20세기 마지막 해인 1999년에 개봉한 영화 〈매트릭스〉는 인간의 기억마저 AI에 의해 입력되고 삭제되는 세상을 그린 영화다. 진짜보다 더 진짜 같은 가상 현실 '매트릭스' 속에서 진정한 현실을 인식할 수 없도록 재배되는 인간들이 매트릭스를 빠져나오려 고군분투하는 영화다.

주인공인 네오에게 주어진 빨간 약과 푸른 약은 두 가지 세계에 대한 선택이다. 빨간 약은 진짜 현실세계에 대한 선택이고 푸른 약은 매트릭스 안의 삶에 눌러앉겠다는 선택이다.

영화에서는 단 한 번 선택할 수 있지만, 현실의 우리는 매 순간 가짜 세상에 빠질 것인지 진짜 세상을 살 것인지를 선택할 수 있다.

매트릭스를 모르는 사람은 빨간 약과 푸른 약을 선택할 일조차 없다.

우리 역시 생각을 따라 지금 여기,
이곳을 느끼고 보고 만지는 것에서 떠나 있을 때
무의식에 휘둘려 그 어떤 변화도 선택할 수 없다.

좋은 것과 나쁜 것

좋고 나쁨은 개념일 뿐이다

객관의 세계에서는
좋고 나쁨이 존재하지 않는다.
나에게 좋은 것이
그에겐 나쁜 것일 수 있다.

좋고 나쁨은 언어로 만들어진
상대적이고 주관적인 단어일 뿐이다.

그것은 그저 추상적인 개념일 뿐이며
단지 생각 속에서만 존재할 수 있다.

우리가 무의식적인 감정과 생각에 빠져 있지 않는 한
좋고 나쁘다는 판단은 없다.

순수한 경험만이 있을 뿐이다.

나에게 좋은 게 너에게 좋지 않을 수 있다.

삶의 모든 과정은 다 소중하다.

다

모든 과정은 다 소중하다

삶은 희극일까? 비극일까?
삶이란 희극으로 볼 수 있는 이야기와
비극으로 보이는 이야기가 다양하게 포함된
스팩터클한 연극이다.
이 세상은 말로 표현할 수 없을 만큼 다채롭다.
모든 것은 자연스러운 현상의 과정이고
모든 과정은 '다' 소중하다.

존재하는 모든 것은 진짜다.
진짜는 왜곡되지 않은 순수한 실재이며
있는 그대로의 전체다.
좋고 나쁨의 개념을 뛰어넘은 순수한 전체는 모두 아름답다.
그것이 바로 진짜 좋은 것이다.

왜 좋은 걸 원할까?

나는 나에게 없는 것을 욕망한다

뇌는 끊임없이 정보를 수집하고 분석하며 생존에 필요한지 여부를 평가한다. 필요하다고 판단되면 그것을 원한다. 그래서 뇌는 언제나 우리에게 부족하거나 없는 것을 필요로 하라는 지시를 내린다. 부족하면 **만족**하지 못하고, 만족하려면 **필요**한 것을 얻어야 하는 순환 고리가 만들어져 만족하기 위해 필요한 것을 원하는 일이 일생 반복된다.

뇌로서는 필요한 것이 얻어지면, 좋은 것이다. 결핍이 해소되는 상태가 '좋은 것'인 상태다. 나에게 필요한 것(나에게 좋은 것)은 곧 나의 생존에 도움이 된다는 의미다.

애초에 좋은 것을 원하는 마음은 그저 살려는 단순한 **생존본능**이었다. 살면 좋고, 죽으면 나쁜 것이었기 때문에 죽지만 않으면 사실 나쁘지 않은 것이었다.

하지만 살기 위해 필요하다고 판단되는 것이 비약적으로 많아진 지금, 좋음의 기준 또한 터무니없이 많아졌고 높아졌다.

이제 모든 불행이 시작되었다. 생존본능에 지배당하게 된 인간은 **기어이 불멸까지 욕망**하기 시작했다.

I WANT TO LIVE

지나친 감정과 욕심이
진짜를 가린다

욕 慾 하지 말자

욕망괴물

뇌는 즐겁거나 불쾌한 마음 상태인 감정을 만들어낸다. 감정은 **쾌락을 갈망**하고 **고통을 혐오**하게 만든다.

쾌락을 얻거나 고통을 피하는 데 성공하면 기분이 좋아져 더 갈구하고, 고통이 오면 기분이 나빠져 그것을 혐오한다.

그래서 우리가 감정에 빠지면 쾌락과 고통의 극단만을 오가는 것이다. 적당한 감정은 건강한 욕구를 가질 수 있도록 돕지만, 지나친 감정은 욕심을 만든다.

욕심은 과장되고 왜곡된 가짜 좋은 것에 **집착**하게 만드는
욕망괴물로 자라나, 내가 진짜 세상을 보지 못하게 방해한다.
최상과 최악에만 집중하도록 만드는 감정의 지배로부터 벗어나
전체를 볼 수 있다면 우리는 진짜를 경험할 수 있다.
욕심과 집착에 사로잡힌 이에게 성공이 아닌 것은 실패지만
자유로운 이에게 중요한 가치는 **지금의 경험**이다.

원하는 결과가 반드시 얻어지기를 바라는 과도한 욕심이 **순수한 지금의 과정과 그의 경험**을 놓치게 만들고 있다.

'더'의 결핍

아직은 좋지 않다

너무 완벽해서 아직 존재할 수 없는,
불가능한 것만을 원하기 때문에 이뤄지는 일이 없고,
그렇다 보니 늘 좋지 않았다.

이미 살고 있고,
필요한 것들을 충분히 얻었는데도 더 살고 싶고
더 얻으려는 과한 욕망이 계속되기 때문에
언젠가 만족할 그때만을 기다렸다.
나에게 가장 큰 결핍은 '더'였다.
'더'란 언제나 지금은 없는 것이기 때문이다.
지금 결핍된 것은 미래에 필요한 것들이고
지금은 그것이 아직 없기 때문에 좋지 않을 수밖에 없었다.
지금 없는 것에 집중하느라
지금 있는 것들을 삭제시키는 이 바보 같은 비극.
나는 늘 '아직'이라서 '아직'이었다.

나쁜 것만 보인다

좋은 놈, 나쁜 놈, 그냥 그런 놈

우리는 모든 것을 세 가지로 구분해 인식해버린다.
좋은 것, 나쁜 것 그리고 좋지도 나쁘지도 않은 **그냥 그런 것.**
좋은 것에 환장한 우리는 쉬지 않고 좋은 것만을 원한다.
하지만 환상적으로 좋은 것은 환상일 뿐이고,
관심이 없는 그냥 그런 것은 우리에게서 사라져버린다.
그래서 우리에게는 온통 나쁜 것만 보이게 되었다.

우리는 쉬지 않고 나쁜 것으로부터 멀어지거나 그것이 영영 사라지기를 원하는데, 우리의 관심이 지나치다 보니 오히려 더 많이 보인다.

본능에 충실한 뇌는
생존에 낯선 것,
모르는 것과 나쁜 감정 같은 부정적인 경험에 더 빠르고 강하게 반응하기 때문에 나쁜 것이 더 많이 보이는 것이다.

좋은 것과 나쁜 것은 뇌가 만들어낸 상상일 뿐이다.

실상은 모두가 '그냥 그러한' 자연스러운 것들이다.

하지만 자극적이지 않다는 이유로 우리 관심 속에서 사려져버린다.

우리는 비현실 속에서 살아가고 있다.

그냥
그런 것의
재평가

보통은 사실 보통이 아니다

그냥 그런 것은 그동안 너무 저평가돼 왔다.

그냥 그런 것이란,
있는 그대로의 것이라는 의미이며 스스로(自) 그러한(然) 자연처럼
아무런 대가나 조건 없이, 그냥 그러한 것이다.

좋지도 나쁘지도 않은 중간이라는 뜻이 아닌데,
안타깝게도 그런 의미로 쓰이고 있다.

그것은 아마도 **자극적이지 못한 죄**일 것이다.

하지만 사실, **보통은 보통이 아니다.**
우리는 엄청 좋거나 아주 나쁜 것을 상상하느라
지금 여기에 존재하는 진짜에는 관심을 주지 않는다.

그냥 그런 것은 너무 평범하고 특별하거나 환상적이지 않아서 좋지
않다고 '생각'한다.

하지만 그냥 그런 것이야말로 진짜 좋은 것이다.
현재 존재하는 것은 **모두 다 그냥 그러한 것들**이고
있는 그대로의 그냥 그런 것들이 바로, **진짜 진짜다.**

AWARENESS

진짜 좋은 것을 얻는 방법

진짜 좋은 것을 얻기 위한 세 가지 알아차림

알아차림은 **아는 것**.
어떤 일이 일어날 때 내가 그것이 일어나고 있음을 **지각하는 것**.
매 순간 그때 내 상태를 **인식하는 것**.

1. 가짜 세상에 빠져 있음을 알아차림

문제가 있음을 알아차리지 못하면 변화도 없음.

자동반사적으로 나오는 느낌, 생각, 행동의 무의식에 휘둘리고

있음을 깨달음.

거의 매번 무의식이 던져주는 감정에 반응하고 있음을 알아차림.

내 곁에 있는 것들을 인지하지 못하고 있음을 알아차림.

뇌를 도구로 쓰면 유용하지만 뇌의 지배를 받으면 진짜를 보지 못함.

생각과 감정으로부터 자유로워지려면 의식적으로 깨어 있어야 함.

2. 지금 여기 있는 진짜를 알아차림

없는 것에 더 이상 집착하지 말고, 실재하는 것을 봄.

무의식적으로 자동 생산되는 생각과 감정의 늪에서 벗어나,

지금 여기, 진짜 삶을 왜곡 없이 만나기로 함.

3. 있는 그대로의 전체가 진짜 좋은 것임을 알아차림

좋고 나쁨이라는 개념적 구분에서 자유로움.

과도한 욕심과 집착을 내려놓으면 있는 그대로의 모든 것을 향해

당당히 열려 있을 수 있음.

조건 없이 있는 그대로의 모습을 인정하고 만족할 수 있음.

'어때야 한다'는 조건이 붙어 있는 한 불만족은 계속될 것임.

나는 생각하지 않는다.
고로 존재한다

진짜 나

"나는 생각한다, 고로 존재한다"?
아니다!
생각에서 멀어질수록 나의 진짜 존재와 가까워질 수 있다.

무의식은 자신이 살아남기 위해서
절대로 생각을 멈추지 않으려고 한다.
하지만 **생각은 내가 아니다!**
생각은 필요할 때 잠깐 쓰고 말아야 하는 **도구**에 불과하며,
과도한 생각은 진짜 좋은 것으로부터 나를 멀어지게 할 뿐이다.

진짜 나는, 판단과 평가로 쉬지 않고 재잘거리는
시끄러운 생각에 동화되지 않고
진짜 세상과 하나로 연결되어 있는 존재 그 자체다.
나는 몰입함으로써 존재할 수 있다.

몰입이란 지금 이 공간 안에서
내가 만나고 있는 모든 대상에게 관심을 보내주는 것이다.
그것들에 대해 분석하는 시간은 최소화하고
세상을 그냥 바라보는 상태(물아일체 物我 一體)다.
몰입은 생각을 필요로 하지 않는다.
생각은 내가 세상과 연결되는 것을 막는다.

생각이란 마치 칼과 같다.
필요할 때 잘 사용하면 훌륭한 요리사가 될 수 있지만,
아무 때나 계속 휘두르고 다니면 미친 망나니가 된다.

생각은 양날의 검이다.

진짜 보기

See Real

내가 진짜가 되고 **진짜로 존재**하기 위해서는 **진짜를 볼 수 있어야** 한다. 감각을 통해 만나는 세상을 **분석**하며, **평가**하고, **판단**하는 활동을 하거나 이미 만났던 세상과 아직 만나지 않은 세상에 대해 생각하느라

나는…,

'정신이 없다.'

나는 무의식적으로 자극적인 것들,
다시 말해 좋은 것과 나쁜 것들을 찾아 헤맨다.

그러는 동안,
지금 여기에서 펼쳐지는 진짜는
내 의식 밖으로 사라졌다.

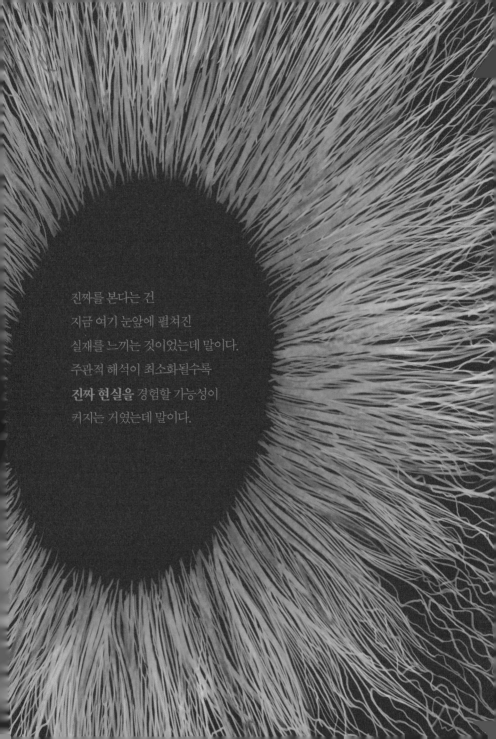

진짜를 본다는 건
지금 여기 눈앞에 펼쳐진
실재를 느끼는 것이었는데 말이다.
주관적 해석이 최소화될수록
진짜 현실을 경험할 가능성이
커지는 거였는데 말이다.

진짜를 본다는 건
내가 만나는 모든 대상을
있는 그대로 만나는 것이었다.

차별 없이 모든 대상을 바라보는 것이며
지금 여기에 있는 모든 것을 있는 그대로
이해하는 것이었다.

내가 하는 경험을 '좋다'와 '나쁘다'로 구분하니 그것은 갈망과 혐오라는 감정을 통해 변질되고 말았다.

지나친 감정과 생각은 나를 욕망하게 만들고 탐욕은 절대로 만족이 되지 않는 마음이기에 늘 집착하고 실망할 수밖에 없었다.

그리고 이 집착은 내가 있는 그대로의 진짜 세상을 경험할 수 없게 했다. 모든 불만족의 원인이 되는 집착을 놓아버리고 생각이나 감정과 나를 동일시하지 않음으로써 나는 모든 현상을 객관적이고 열린 시각으로 바라볼 수 있었다.

무의식의 지배 속에서 정신없이 달리고 있는 나를 알아차리기를, 지금 여기 있는 그대로의 진짜를 보고 있지 않음을 알아차리고 의식 속에서 진짜 존재할 수 있기를 원했다.

가짜들의 그 어떤 자극에도 동요되지 않고 평정심을 유지할 수 있기를 말이다. 평정심이란 세상을 향해 활짝 열려 있는 자신감 넘치고 여유로운 마음이니까.

삶에 어떤 일이 일어나도 미소 지으며 받아들일 수 있는 멋진 존재. 그 존재가 바로 나라는 것을 아는 것!

그것이 바로 평정심 아니던가!

알아차림을 알아차림

3장

원해
좋은
걸

어릴 때 내가 슈퍼맨이 되고 싶었던 이유는
내가 히어로가 아니었기 때문이다.
히어로가 되면, 모두가 나를 좋아해줄 거라 믿었다.
그러면 내가 더 이상 외롭지 않고 내 맘대로 살 수 있을 것 같았다.
슈퍼파워가 없는 나는 외로울 거라 믿었기에 나에게 슈퍼파워는
반드시 있어야 될 것만 같았다.
이런 말도 안 되는 바람 때문에
난 늘 뭔가를 이루지 못한 느낌이었다.

끊임없이 원함

우리는 쉬지 않고 뭔가를 계속 원한다

우리는 계속해서 무언가를 **원한다.** 우리가 접촉하는 세상의
수많은 정보에 대해서 알기를 원한다. 자신에게 유익한지 유해한지
너무도 알고 싶기 때문에 **분석한다.**
그렇게 분석을 마친 후에는 우리에게 유익한 것들을
얻기를 원하거나 유해한 것들이 없어지기를 원한다.

아무것도 원하지 않을 때라도 좋은 상태가 계속 유지되기를 원한다.
뭔가를 원하고 있다는 사실을 인지하지 못할 뿐 우리의 원함은
쉬지 않고 계속되고 있다.

나는 나에게 없는 것을 원한다.
나는 나에게 없는 무엇을 끊임없이 원한다.
없는 것을 원하기 때문에 원함이 끝나지 않는 것일 수도 있다.

나에게는 슈퍼파워가 없다.
그렇다고 나에게 슈퍼파워가 반드시 필요한 것이 아니듯,
나에게 없다고 해서 나에게 꼭 필요한 것은 아닐 것이다.

결국, '진짜' 필요한 게 진짜 결핍된 것이다.

과한 두려움

뇌에 넘겨버린 주도권

본능적인 반응은 의식적인 선택에 비해 훨씬 빠르고 에너지 효율적이다. 인간에게 본능이 없다면 정상적인 활동이 어려웠을 거다.

하지만 본능에 이끌려 산다면 그 역시 삶을 어렵게 만들 것이다.

생존에 도움 되는 것들에 적당한 관심은 필요하지만 **과한 집중은 본능 본연의 기능을 왜곡시킨다.**

이런 '왜곡된 본능'은 자나 깨나 조심해야 한다며 겁을 준다. 머지않아 터질 예정인 전쟁에 대비해 완전무장을 하고, 비상식량을 챙겨 지하 벙커로 내려가 숨어 있으라고 경고하는 긴급재난문자를 계속 보내온다. 나를 죽이기 위해 달려들 것만 같은 세상에 대한

과한 불안과 두려움을 갖게 된 나는 오토파일럿(자동조종장치)을 켜고 뇌에 주도권을 넘긴 채 꼭꼭 숨어버렸다.

가짜 결핍

없어도 되거나, 없을 수밖에 없는, 그래서 없는 것

나에게 없어도 되는 것을 **반드시 있어야만 하는데 없는 것으로**
착각하는 나는 가짜 결핍을 충족시켜줄 무언가를
쉬지 않고 찾아다녔다.
기본욕구는 지금 그리고 진짜 필요한 것에 집중하는 기능이지만,
왜곡된 본능의 모든 관심은 미래에 가 있었다.
아직 존재하지 않는 미래의 무언가를 두려워하거나
두려움에 기인한 미래의 안전을 간절히 원하고 집착하면서
가짜 본능은 불가능한 것을 바란다.

혹시라도 일어날 수 있는 부정적 가능성까지 완전히 제거되기를
바라는 완벽주의적이고 비현실적인 욕심을 부린다.
나 홀로 이 무서운 세상과 맞서 생존해야 한다는 두려움이
사실을 왜곡시킨다.

나는 정말 살기 위해, 꼭 필요해서,
없으면 안 돼서 그것을 원하고 있을까?

만약에 우리가 원래부터 풍족하지 못한 상태였다면
우리는 풍족하다는 것이 무엇인지조차 알 길이 없었을 것이다.
풍족함이 뭔지도 모르는데 풍족함을 원할 수는 없다.
우리가 이렇게 늘 부족함을 느끼고 무언가를 필요로 한다는 것
자체가 한때 매우 풍족한 상태였다는 표시다.
우리의 원함은 일종의 **회귀본능**이다.
우리는 매우 풍족하고 만족스러운 상태로 생을 시작했다.

엄마 뱃속에서 우리는
그저 아무것도 하지 않아도
필요 영양분을
충분히 공급받으며
지극히 만족스럽고
평온한 상태였다.

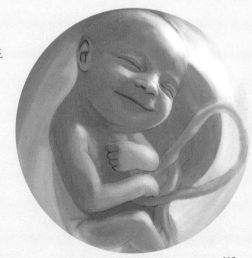

그러나 바깥세상에 나오는 순간, 부족함 하나 없던 삶에 결핍이 생겼다. 쾌적했던 세상과 이별하며 충족했던 양분도 함께 끊겼다. 연결됨의 결핍이 생기면서 연결됨의 필요성이 생겨났다.

이 세상에 태어나 처음으로 느끼는 결핍은 연결성이다. 아기에게 전부였던 엄마와 분리되면서 하나였던 평온한 느낌이 끝나고 혼자가 된 느낌과 함께 쓸쓸한 삶이 시작된 것이다.

그렇게 인간은 태어난 동시에 결핍을 알았고 동시에 원함이 생겼다. 궁핍하지도 외롭지도 않았던 아기는 분리됨을 느끼고 다시 연결되기를 원하며 울기 시작한 것이다.

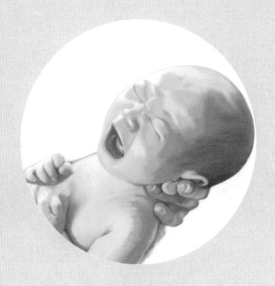

그렇다.
처음 태어난 아기는
다시 하나가 되고 싶어
우는 것이다.
지금의 나처럼….

혼자라는 오해

You are not alone~

애초부터 인간은 그다지 대단한 걸 바라지 않았다.
그저 다시 연결되고 싶은 마음이 전부였다.
이런 소박한 바람이 인간의 진짜 본성이었다.
사회가 만들어놓은 풍족함이라는 개념이 인간 개개인의 결핍을
판단하는 잣대가 돼 있지만
사실 우리가 진짜 원하는 건 연결돼 있다는 느낌,
평온함을 풍족하게 느끼고 싶은 바람일 거다.
우리가 독립체가 아닌 **전체의 일부로서 존재하고 있다**는
진실을 알게 된다면 이제는 울음을 멈출 수 있을 것이다.

세상의 일부로서 서로 연결되어 있는 우리는 이미 온전한 존재다.
그 진실을 알지 못한다면 이 거대한 세상과 홀로 맞서 싸우고
있다는 착각으로 두려움을 평생 안고 살 수밖에 없다.
그것은 마치 새끼손가락이 "내가 작아서 다들 나를 무시할거야"
라면서 외로워하는 것과 같다.

새끼손가락이 그렇게 느끼는 이유는
자신이 독립된 존재라고 오해하기 때문이다.

아마 새끼손가락도 태어나 보니
이미 자신이 새끼손가락이란 사실이 못마땅했을 수도 있다.
그 새끼손가락과 다르지 않았던 나 역시 언제나 두려워만 했다.

아무도 내 편이 아니라는 생각에
어떻게든 힘을 기르려고 애썼다.
천국은 어린 나에게 가당치 못할
큰 꿈이기에 애초에 포기했지만,
사실 나는 천국에 무척이나 가고 싶었다.
너무나 가고 싶었지만 갈 수 없을 거라 믿었기 때문에,
그래서 난 너무나 짜증나 있었다.

차라리 정말 포기했더라면 계속 짜증나 있지 않았을 텐데….

가능할 수도 있다고 믿었기에 더 답답했던 것 같다.

완전했던 그곳

감정이 만든 욕망

가짜 결핍을 충족시키려는 헛된 노력

기본욕구가 자동으로 원하게 되는 본능이라면

갈망은 후천적으로 학습된 원함이다.

욕구와 갈망 모두 인간을 행동하게 하는 건강한 동기다.

충족함을 느끼기 위해서는 실제로 부족한 걸 볼 수 있어야 하는데, 이런 객관적 판단을 왜곡시켜 원하는 걸 증폭시키는 건 '감정'이다.

감정이란 어떤 외부의 자극에 대한 나의, 아니 뇌의 화학적 반응이다. 내가 사고 싶은 신상품을 사지 못한 것에 실망한 감정은 저런 것 하나 못사는 내 신세를 비관하게 만든다. **감정은 객관적인 결핍을 과장시킨다.**

욕구가 감정으로 인해 변질되면 마음속에 '가짜 결핍'이 만들어지고 그 가짜 결핍을 충족시키기 위한 헛된 노력을 하기 시작한다.

바로, 욕망의 시작이다.

두려운 감정에 기본욕구가 더해지자 인간은 완벽한 안전을 얻고 싶어 했다. 그 생각은 강박이 되어버렸고 결국 인간은 **불멸을 욕망**하기 시작했다.

기본욕구 ;
"아 배가 고프다··· 뭐를 좀 먹어야겠다."

+감정 ;
"이러다가는 분명히 굶어 죽거나 기운이 없어서 뭔가에 잡혀 먹히
게 될 거야. 죽을 때 얼마나 아플까? 무서워. 내 신세가 어쩌다 이렇
게 된 거지? 흑···; 예전에는 먹을 게 많았는데···."

= 불멸의 꿈 ;
"난 절대 죽기 싫어. 그러려면 더 많이 먹어야 하고,
더 많이 먹을 수 있으려면 더 많은 음식을 찾아야 해.
최대한 많이!"

나의 존재 그리고 내가 소유하는 것들이 영원하기를 바라는 것.
영생과 쾌락 그리고 완벽한 나를 얻기 위해 필요하다고 판단되는 것
들을 얻는 것이 인생의 목표가 돼버렸다.

나의 존재가 유지되고(생존), 내가 소유하는 것들의 존재가 지속되는, 나는 이런 즐거운 쾌락이 영원하기를 원했다.

그리고 고통과 고통을 일으킬 수 있는 존재는 **영원히 끝나기를** 원했다. **하지만 완벽한 안전의 욕망은** 너무나 많은 것을 기피하게 만들어버렸다.

조금이라도 거슬리거나 불쾌감을 일으키는 것들이 나에게서 없어지기를, 아니 영원히 사라지기를 원하고 말았다. 우리는 그렇게, 위험하지도 않은 것들로부터 위협을 느끼고 그것들을 영원히 없애버리고 싶은, **혐오하지 않아도 되는 것들을 혐오하게 되었다.**

* 나비효과는 브라질에 있는 나비의 미세한 날갯짓이 텍사스에서 토네이도를 일으킨다는 예에 빗댄 표현이다. 즉 지나친 민감성 때문에 폭풍의 원인이 될 수도 있는 나비를 없애버리려는 말도 안 되는 광기를 표현한 그림.

구름과 같은 욕망

욕망은 고정된 실체가 아니다

"당신은 하늘입니다. 구름은 일어나는 현상일 뿐입니다."

- 에크하르트 톨레 -

감정과 생각은 하늘이라는 집에 찾아온 구름과 같다.
잠시 나에게 머물고 있는 손님일 뿐, 결코 주인이 아니다.

화는 내가 아니다.
화라는 감정 역시 한동안 나에게 찾아와 머물렀을 뿐이지 그 감정은
내가 아니다.

구름과 바람의 성질에 따라 그 순간의 날씨가 달라질 수는 있지만
하늘은 그저 하늘일 뿐이다.

생각, 감정, 욕망은 모두
일시적으로 지각되는 마음속 현상일 뿐이다.

하늘은 구름이 흘러왔다가 흘러가도록 그저 지켜볼 뿐이다.
구름이 올 때 하늘이 사라지는가?

이 세상에서 변하지 않는 것은,
'모든 것은 변한다'는 사실 하나뿐이다.
모든 것은 변한다. 고정불변인 것은 이 세상에 아무것도 없다.
모든 존재는 끊임없이 변화하고 있다.
어떤 것이 계속해서 고정, 유지되기를 바라는 욕망은
(영원하기를 바라는 것은) 불가능을 바라는 것이다.
욕망은 떠나 보내야 하는 것에 매달려 질척대는 집착과 같다.
고통은 결국은 떠나갈 것이다.
물론 쾌락 역시 영원히 머물러 있지는 않을 것이다.
내가 느끼고 있는 지금의 쾌락 역시 곧 사라질 테니
너무 집착하지 말기를⋯.

절대적인 것도 없다

양극단은 만난다

또한 절대적인 것도 없다.

양극단은 서로 만나게 된다.

빛과 어둠도 마찬가지다.

완전한 어둠이 사라지고 밝음이 시작되는 명확한 지점은 없다.

뜨거움과 차가움은 반대의 성질로 느껴질 뿐,

사실 경계 없이 이어진 하나다.

'1+1=2'가 절대적인 진리인 것 같지만 현실에서는

'1+1=1'이 될 수도 있다(물, 찰흙, 회사합병 등).

수리예측은 단순히 숫자적 계산 양식에 불과할 뿐, 현실적으로는

불변하는 진리가 아니다. 세상이 우리에게 주는 정보들을

일방적으로 따르는 경향이 있는데, 이러한 맹신으로부터

자유로울 수 있어야만 진짜 현실을 이해할 수 있다.

"착륙은 곧 발사다."

– 영화 《GRAVITY》 중에서 –

건축가라는 직업병 때문일까, 나의 미적 기준은 꽤 높다.
언제나 완벽한 것을 추구했던 나는 아무리 좋은 걸 봐도
만족하지 못하고 계속해서 더 좋아질 수 있는 방법을
생각하곤 했다.
이런 습관은 나를 더 좋은 디자이너로 성장시켰을 수는 있으나
더 나은 사람으로 성장하는 것을 방해하기도 했다.
어느 주말 오후, 드라이브를 하고 있었는데 아내가 차창 밖을 보며
이렇게 말했다.
"와 저기 정말 예쁘다~!"
나 역시 그곳을 보고 있었는데, 복잡하게 서 있던 전신주가 내 눈에
가장 먼저 들어왔고,
'저 전신주만 없다면 참 좋을 텐데…' 하고 생각하던 차였다.
나는 순수하게 즐길 수 있는 아내가 부럽기도 했고
무엇을 봐도 안 좋은 구석을 꼭 찾아내고야 마는 내 자신이
참으로 불쌍하게 느껴졌다. 그래서 우울한 오후였다.

옳고0 그름X은 하나다.

좋은 것이란

애매하고 높은 기준

좋다:
대상의 성질이나 내용이 보통 이상 수준이어서 만족할 만하다.

우리는 어떤 것이든 **보통 이상의 수준이어야 만족한다.**
그런데 보통 이상이거나 우수한 수준이어서 만족할 만한 것은
생각보다 많지 않다.
게다가 그 기준이 너무 애매하고 객관적이지도 않다.
그런데도 우리가 이 세상에서 (잘못) 배운 좋음의 기준은
매우 **결과론적**이고 지나치게 **완벽하다.**

보통 이상의 수준이란 그때그때 다르며 누군가를 만족시키기 위한
수준을 넘기에는 그 누군가가 너무나 많다.

남의 기준에 맞추려는 노력은 헛수고다.
그러니 나는 결코 좋지 못할 것이다.
객관의 세계에서 좋고 나쁨은 존재하지 않는다.

좋다는 건 어떤 것과 비교하고 얻은 평가다.
좋다는 말은 나쁘다의 반대가 아니며 그저,
좋지 않다는 말의 상대적 의미다.
어떤 것이 좋다고 하기 위해서는 좋다고 판단할 수 있는 근거와
기준이 있어야 하며, 다른 무언가가 있어줘야 한다.
나보다 못난 놈이 주변에 없으면 내가 잘났다고 생각하지 않고,
나보다 잘나 보이는 놈이 없다면 내가 못났다고
징징대지 않을 것이다.
좋음과 나쁨은 개념일 뿐이다.

좋은 것은 좋은 것이기 때문에 원하게 된다는 착각일 때가 많다.

나는 나에게 필요한 것, 즉 나에게 없는 것을 원했고,
나에게 그것이 없으면 만족하지 못했다.
나에게 없는 그것이 좋은 것이라고 생각했기 때문에
내가 원하는 그것이 당연히 좋은 것일거라고 믿었다.

그래서 나는 나에게 이미 있는 것은 좋은 것이 아니라는
착각을 했다. **남의 떡이 더 커 보이는 이유다.**

하지만 나에게 없는 그 (가짜) 좋은 것은
없어도 되거나 없을 수밖에 없는, 그래서 없는 것이다….

영원한 쾌락

좋은 것이여 영원하라

지속적인 쾌락을 욕망하는 우리는 불멸을 위해 필요하다고 판단되는 좋은 것들에 집착하고, 그에 방해가 되는 모든 것은 좋지 않은 것이라고 믿으며 배척한다.

쾌락을 원하고, 고통으로부터 멀어지기 원하는 마음은 어찌 보면 당연한 마음이다. 아무도 그 반대를 원하지는 않을 테니.

문제는 내가 바라는 그것이 영원히 끝나지 않기를 바라거나 완벽하게 끝나기를 바라는 지나친 욕심이다.

해가 지면 집으로 돌아가야만 했기 때문에 난 해가 지지 않기를 바라곤 했다. 해가 뜨면 일어나 학교를 가야 했기에 나는 해가 뜨지 않기를 바랐다.

유쾌한 자극이 지속되거나 증가해야만 쾌락을 느끼는 뇌 덕분에 인간은 미친 욕심쟁이가 돼버렸다.

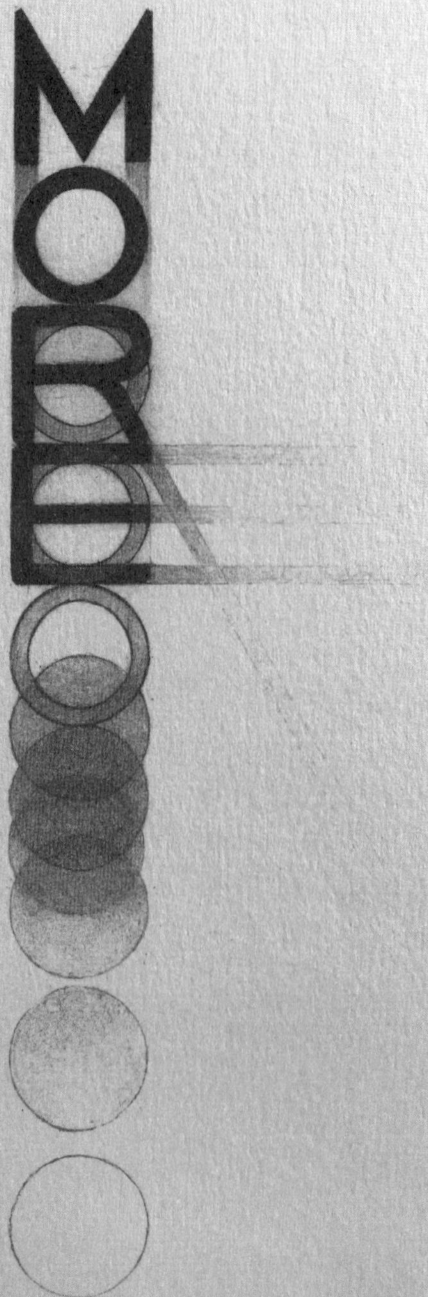
MORE

더 더 더

가짜 결핍

나의 **더** 바라는 욕심의 뒤에는 언제나
하지만이 숨어 있었다.

비교의 하지만,
더의 하지만
두려움의 하지만

'**더**'는 **지금 없는 무엇**(다가올 미래에만 가능한 것)이었다.

그러니 **지금 이 순간에는 절대로 얻을 수 없는 것이었다.**

살고 있어도 더 살고 싶은 욕심.
'더'는 내게 없는 것을 보느라(혹은 보고 싶어서)
이미 있는 것을 보지 못하게 하거나
사라지게 하는 상당히 **끔찍한 마술.**
내가 원했던 슈퍼파워가 바로 이런 끔찍한 마술이었다.

완벽한 찰나

환상이어서 환상적인

원하는 그것이 일어나기 전은 '아직' 좋지 않고,
내 욕망을 모두 충족시키는 일은 자주 일어나지 않아서 좋지 않다.
과정이 아닌 결과로서의 개념인 그 좋음. 그 '완벽한 순간'을 우리는
얼마나 자주 경험할 수 있을까?

완벽한 저녁식사를 위해서는
끝내주는 레스토랑에
끝내주는 자리에 앉아서
끝내주는 야경을 바라보며
끝내주는 음식을 먹을 수 있어야 한다.

정말 믿기 힘들 정도로 끝내주는 순간이 설령 찾아온다 해도
그 끝내주게 좋은 시간은 끝내주지 않는 어떤 요소에 의해
금방 끝나버리고 만다.

환상적인 좋은 것(끝없는 쾌락)은
환상에서만 이루어질 수 있어서 환상적인 것이다.

삶의 다양한 가능성을 의식적으로 받아들이자.

어떠해야만 한다는 신념들로 정답을 채워나가는 것을 멈추고

무엇이든 들어올 수 있도록 내 삶의 답안지를 비워놓자.

(있지도 않은) 정답에만 집착하다 보면 정답이 아닌 것들은

모두 틀리다고 믿게 되며 욕심이 생기고, 집착하고, 실망하고,

후회하거나 탓하게 될 것이다. 좋고 나쁨의 기준을 세우지 않는다면

굳이 잘하려고 애쓰지 않고

그냥 할 수 있을 것이고 최선을 다할 수 있을 것이다.

삶이 나에게 던지는 문제는 답이 정해진 시험문제가 아니라

정답 없이 열린 질문이다.

문제는 난처한 일(problem)이 아니다. 내가 창의적으로 풀어야 할

숙제며 **도전**일 뿐이다. **세상은 온통 괄호 안의 정답으로**

가득 찼기 때문에 답-답한 거다.

(   )

please don't fill the blank.

좋은 날씨라고?

매일매일이 괜찮은 날씨

날씨가 좋다니…, 도대체 뭐가 좋다는 거야?
화창하고 따스한 날이면 좋은 거야?
하늘이 파랗고 구름이 적당하면 좋은 거야?
온도는 어느 정도가 좋은 거야?
26℃ 정도가 가장 좋은 날씨야?

그렇다면 겨울은 좋은 날씨가 없다는 말이야?
흐리거나 비가 오면 안 좋은 날씨인 거야?
해가 진 저녁이나 밤은 좋은 날씨가 될 수 없다는 거야?
초미세먼지만 보통 이상이면 좋은 날씨일 수 없는 거야?

도대체 좋은 날씨의 기준이 뭐야?

구름 한 점 없이 하늘이 뻥 뚫린,
비는 안와도 먹구름이 낀,
바람이 불어주는,
여러 모습의 대기와 환경.
그냥 다양한 하늘의 표정이 있는 거 아냐?

날씨가 좋아서 기분이 좋은 거야?
아니면 기분이 좋아서 날씨가 좋은 거야?

비가 와서, 눈이 내려서, 바람이 불어서,
날이 적당해서,
모든 날이 좋았다잖아!

도깨비도!

실망과 불만족

끝없는 욕망

서면 앉고 싶고 앉으면 눕고 싶더라.
누우면 다시 서고 싶겠지?
원하는 걸 갖게 되면 **당연한 게 되더라.**
또 다른 걸 가지려고 하겠지?
내 기준을 넘는 행동은 꼴 보기 싫더라.
"어떻게 저러지?"
"미친 거 아냐?"
"생각이 있는 거야, 없는 거야?"
제멋대로 나를 평가하면 그렇게나 열받더라.
"아이씨, 내가 뭘 잘못했다고 그래?" 하면서.

결국 그 상황이나
그 사람 **탓을 만들면서.**

좋아야 좋은 거지

내 상태는 어떤 무엇과 무관하다

어떤 사람을 그 사람 자체로 좋아하는가? 아니면 그 사람을 통해 뭔가 좋은 걸 얻을 수 있기 때문에 좋아하는가? 나는 자주 어떤 무엇을 그 자체로 좋다고 여기기보다 그것을 통해 좋은 무엇을 얻을 수 있다는 기대를 갖고 수단으로 좋아할 때가 많다. 단지 거기까지 자각하지 않을 뿐이다.

나는 내가 혐오(좋지 않은 것)하는 것이 없는 상태를 좋다고 하지만 '좋은 무엇'이 있어도 마음 상태가 꼭 좋은 것도 아니다. 반대로 마음 상태가 좋지 않다고 해서 나에게 좋은 것들이 더 이상 좋지 않은 것도 아니다. 다시 말해 **내 마음 상태는 바깥세상의 어떤 무엇**(상황, 사건, 사람, 사물 등)**과는 무관하다**. 내 상태는 내가 만족하는가 아닌가에 따라 정해진다. 가짜 본능은 내가 좋은 무엇을 얻어야만 좋은 상태가 될 수 있다는 착각으로 살아가게 만든다.

'감자를 부드럽게 하는 끓는 물에 달걀은 단단히 익는다.'

모든 건 내가 처한 환경이 아니라, 내가 어떤 사람이냐에 따라 달라지는 것뿐이다.

141

만족하라

만족은 지금이어야 한다

나는 나 스스로에 대한 칭찬에 인색한데,
내가 겸손해서 그런 거라 생각했다.
하지만 그건 내가 나 스스로 만족할 줄 몰라서 그런 거였다.
늘 불만족한 사람들은 욕심이 너무 커서가 아니라
자기 존재에 대한 존중감이 결여돼 만족하기 힘든 것이다.
만족은 소유나 성취의 문제가 아니다.
내 욕망을 만족시키려고 애쓰는 방식으로는 결코
만족을 경험할 수 없다.
도전해가는 과정을 기뻐하고
도전하는 자신의 모습을 사랑하고
자긍심을 느끼지 않는 이상 평생 만족감은 느껴지지 않는다.

내가 이미 갖고 있는 것을 지금 느낄 수만 있다면
진짜 만족을 경험할 수 있다.
만족은 언제나 지금이어야 한다.

가짜 나쁜 것

가짜 좋은 것

당시에는 좋은 일이라고 생각했던 일들도 시간이 지나 돌이켜보면 꼭 좋은 일만은 아닌 일도 많았고 그때는 안 좋은 일이라고 생각했던 일이 결국에는 잘된 일인 것도 참 많다.

그렇다고 무조건 반대라고 할 수는 또 없다. 좋은 면도 있고 나쁜 면도 있었다. 거의 모든 일이 그랬다. 힘들었던 경험들은 나를 강하게 만들었고 그때는 편했지만 나의 성장을 더디게 한 일도 많았다.

외국에 혼자 살 때 겪은 외로움과 인종차별의 경험은 내가 약자에 대한 배려심을 키울 수 있게 만들었고 자립심을 키우도록 도왔다.

하지만 강자에 대한 저항심도 생겼고 이 세상에 맞서 싸워야 하는 분리심과 이기심을 키우기도 했다.

아주 좋은 첫 직장에서 예쁨을 받으면서 재미있는 일들만 할 수 있던 나는 디자인 능력과 자존감을 키울 수 있었지만 궂은 일을 해보지 못했기 때문에 기능적인 업무를 제대로, 탄탄히 배우지 못해서 나중에 꽤 힘들었던 기억이 있다.

나쁜 것만 보여

정말 나쁜 것밖에 없는 거야?

생명에 위협이 되거나, 될 수도 있는 가능성에 대한
두려움의 반응체계는 인간의 오랜 생존과 번성을 도왔다.
아직까지 조상들의 예민한 유전자가 남아있는 덕분(?)에
뇌는 여전히 해로운 것으로부터 나를 보호하기 위해 무던히 애쓴다.
생존에 걸림돌이 될 만한 장애물을 제거하려는 오지랖 넓은 뇌는
더 많은 문제점과 걸림돌을 찾아 헤맨다.

그런 뇌를 얹고 사는 인간이기에
낯선 것에 대한 혐오는
생존을 위한 본능적 반응이다.

그렇기 때문에,
그러다 보니,
정말 나쁜 놈밖에 없어서,
나쁜 놈만 보이는 게 아니다.

그러니
너무 오버하지 말자.

그러니
뇌가 이끄는 대로 살면 부정적으로만 세상을 바라보게 될 것이고,

그러니
끊임없이 불쾌한 감정에 사로잡히게 될 것이다.

"여기엔 정말 나쁜 것들밖에 없을까?
그리고 이게 나쁜 게 사실이기는 할까?"
고민이 많아진다.

좋지 않아서 나쁜 것들 그러나 그것들이 정말 나쁜 걸까?

배고픔, 짜증, 질병, 두려움, 외로움, 우울, 질투심, 실연, 실패, 등
(육체적, 정신적 고통) 내가 생각하는 나쁜 건 참말로 많았다.
거기다 일상적인 사소한 불편함부터 감당하기 힘든 큰 고통까지
나쁜 건 참말로 산더미였다.

하지만,
'좋다'의 상대어는 '좋지 않다'지 **'나쁘다'가** 아니었다.
'나쁘다'의 상대어 역시 **'나쁘지 않다'**이지 **'좋다'가 아니었다.**

하지만 세상은 좋지 않으면 나쁘다고 가르쳤다.
이기지 않으면 지는 건 맞지만, 이기기만을 원했기 때문에
지는 건 나쁜 게 돼 있었다.

그냥 놀고 싶은 게 전부였던 아이는 넘어져도 웃는다.
비가 와서 웃고, 넘어져서 웃고,
그러면 좋은 거 아니었을까?

사실 나쁘지 않다는 건 꽤 괜찮은 거다.
아프지만 않아도 살아만 있어도 꽤 좋은 거다.
정반대 관점에서 바라보자.
아주 나쁘지 않다면 다 좋은 게 된다.
죽느냐 사느냐의 관점에서 보면
삶은 모두 나쁘지 않은 것이 된다.
바닥을 친 시점에서 바라보면 모든 건 위에 있다.
힘들던 상황보다는 무조건 좋은 상태다.
왜곡된 생존본능은 진짜 생존본능이 아니다.

뇌와 감정은 사소한 일이 일어나도 데프콘2를 발령시키고
곧 죽기라도 할 것처럼 호들갑을 떤다.

이제 쿨하게
대응할 수 있어야 한다.
"걱정 마~! 안 죽어!"
그리고 죽지만 않아도
Not bad다.

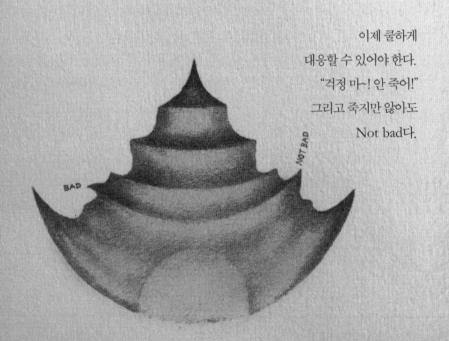

달콤쌉쌀

좋은 것과 나쁜 것은 공존한다

행복은 불행이 없는 상태라는 견해는
행복에 대한 정말 잘못된 신개념 중 하나다.
즐거움과 고통은 서로 배척하지 않는다.

우리는 동시에 행복하고 불행할 수 있다.
시원섭섭…. 달콤쌉쌀….
좋고 나쁜 것은 빛과 그림자처럼 공존한다.

좋은 것에도 나쁜 게 포함되어 있고
나쁜 것 안에도 좋은 게 있다.
절대적으로 좋거나 나쁘기만 한 것은 없다.
모든 것은 그저 있는 그대로 그러할 뿐이다.

그렇게 인정하고 모든 것을 **왜곡 없이 경험**하며 살 수 있다면
그것이야말로 진짜 좋은 거다.
뇌, 본능, 비교, 생각, 감정, 원함 그 어떤 것도 과하면 독이 된다.
중요한 것은 **균형**이다.

100% 나쁘다는 게 있다면
그것은 분명 가짜 나쁜 것이다.

"그것은 최고의 시기였다, 그리고 최악의 시기였다,
지혜의 시대이기도 했고, 바보들의 시대이기도 했고,
믿음의 시대였고, 불신의 시대였다,
빛의 계절이었고, 어둠의 계절이었다,
희망의 봄 이었고, 절망의 겨울이었다.
우리는 모든 것을 갖고 있었고,
아무것도 갖지 못하기도 했다.
우리 모두는 천국으로 향하고 있었고,
또 반대로 가고 있었다."

- 찰스 디킨스, 『두 도시 이야기』-

진짜 나쁜 것

죽음이 진짜 나쁜 걸까?

일반적 관점에서 볼 때 우리에게 가장 불행한 일은 죽음이다.
하지만 죽음 앞에 내가 할 수 있는 게
아무것도 없다는 사실을 인정하면,
그리고 모두가 죽는다는 걸 인정하면
죽음은 덜 불행하게 생각할 수도 있는 문제다.

내가 죽는다는 사실이 너무 서글프고 아쉬운 감정이
부질없는 가능성을 믿고 싶게 만든다.
내가 죽는다는 현실을 받아들이고 싶지 않아서다.
계획을 잘만 세우면
미래에 벌어질 모든 위험에서
벗어날 수 있을 거라는
부질없는 희망이 생기고
이 믿음들이 모여 허무맹랑한 신앙을 만들기도 한다.
죽음을 두려워하거나 피할 수 있다고 믿게 하면서
죽음을 두려워하게 되는 것이다.

인도의 지혜학교(One World Academy)에서 가르침을 받고 있었다. "사람은 고통 속에 있거나 행복하거나 둘 중 하나"라고 하는 선생님 말씀에, "그건… 아닌 것 같은데요"라고 하자, 선생님이 내 생각을 물으셨다.

"고통스럽지도 않고 행복하지도 않은, 그저 그럴 때가 훨씬 많은 거 같아서요. 아무 특별한 일 없이 커피숍에 앉아 있을 때, 그때는 고통스럽지도 않지만 그렇다고 해서 막 좋지도 않으니까요."

그러자 선생님께서 이렇게 말하셨다.

"커피숍이었다면 커피를 마시지 않았나요? 그럼 그 커피의 향과 맛이 어땠나요? 그 장소는 또 어땠나요?"

한 대 맞은 느낌이었다….

내가 '그저 그렇다'라고 생각했던 그것은 결코 그저 그런 경험이 아니었다. 내가 온전히 주의를 기울이지 않았기(못했기) 때문에 그 '괜찮은' 경험을 하지 못한 것이었다. 모든 경험이 다 그랬다고 생각하니 정신이 번쩍 들었다.

괜찮지 아니한가

별일이 꼭 있어야 해?

그냥 그런 것은 저평가되어왔다

괜찮음, OK, 보통…
좋음보다 낮은 수준.
나름 괜찮고, 충분한데도
특별하지 않아서, 최고 수준이 아니라서
그냥 그럭저럭. 중간 정도.

평범한 일상은 '별일 없는' 특별한 일이 아직 일어나지 않은 날.

커피의 은은한 향과 맛,
내가 머물고 있는 이 공간,
무심하게 스치고 가는 바람과 햇살.

왜
보통의 아름다움은 좋지 않은가!
보통의 아름다움은 **안 좋지 않다.**
'그냥 그런 것'은 사실 제대로 맛보지 못하면 절대 알 수 없는
정말 '특별'하고 소중한 경험인가 보다.

아마도 그 아름다움을 말로 형언하기가 너무 힘들어서
그냥 그렇다고밖에 할 수 없었나 보다.

별일 없어서 자극적이지 못해서 사라진, 그렇게 해서 잃어버린 평범한 일상이 너무나 많았다.

일상에 묻혀 익숙해진 환경은 더 이상 나를(눈과 생각을) **자극시키지 않기에** 나는 주의를 기울이지 않고 지나쳐버렸다.
내 일상에서 평범하고 익숙한 것들의 자리에 생각들이 비집고 들어왔다. 감정이 극에 달해야만 느낌이 온다.
극과 극 사이에 있는 것들에는 별 느낌이나 감흥을 받지 못한다.
그냥 그렇다.
그런데 **그냥 그런, 보통의 영역은 생각보다 너무나 방대하다.**
이렇게 놓치고 살아도 되는 걸까?

← SUPER BAD

← SUPER GOOD

아주 나쁨과 아주 좋음 사이의 방대한 그저 그럼

있는 그대로의 그대

있는 그대로의 인식은 생각보다 힘들다

주관의 산물인 객관은 객관적일 수 없다.
각자가 처한 감정 상태나 학습된 상태가 다르고,
해석도 각자 다르기 때문에
우리가 말하는 모든 객관은 환상일 뿐이다.

객관적 현실이란 독립적으로 존재하는 개체가 관찰한 것에서
있는 그대로의 세계여야 한다.
모든 것을 주관적으로 인식하는 내가 객관적 현실을 있는 그대로
인식하는 것은 매우 힘들다. 그럼에도 불구하고 애써 노력해본다.
주관적인 생각 틀 밖에서 세상을 바라볼 것을.

보통이 아닌 보통들, 자세히 보면 아름다운 것이 진짜 많다.

아주 좋은 것과 아주 나쁜 것에만 반응하며 살다 보니
그 사이 어디쯤 존재하는 모든 것은 관심에서 사라진 지 오래다.
'그저 그런 것', '보통', '좋지도 나쁘지도 않은 것' 같은
방대한 영역이 말이다.

보통이 아닌 보통

내 삶의 수많은 보통은 딱히 위험하지도 새롭지도 않고 좋지도 나쁘지도 않아서 지금도 계속 사라져만 간다.

자세히 보면 진짜 아름다운 것이 진짜 많은데 말이다.

바쁜 일들에 가려진 소중한 일상의 아름다움을 포착해보자.

보잘것없어 보였던 공간에 햇빛이 쏟아져 들어오는 모습은 경이롭다. 아무도 거들떠보지 않는 도시 한구석 바닥에 갈라진 틈 사이를 비집고 피어난 잡풀들이 먼지를 뒤집어쓰고도 당당히 자리한 모습도 보통이 아니다.

고귀하게 변색되는 고물들, 평범하지만 허세 없는 건물들, 훌륭한 배경이 되어주기 위해 소박하게 물러나 있는 소품들, 딱히 '좋지 않다'는 애매한 이유로 소외된 수많은 보통….

**보통들은
사실 보통이 아니다.**

그냥 그렇게 흐르다

모든 것은 스스로 그러할 뿐이다

원래 모든 것은 스스로 그러할 뿐인데,

좋고 나쁨을 분별해 마음의 평화를 깨는 게 인간이다.

좋은 것은 가까이하려 하고 나쁜 것은 멀리하려 애쓰는데,

뜻대로 되지 않으니 늘 성에 차지 않는다.

이미 살고 있는데 '더' 살기를 갈망하고

이미 좋은데 '더' 좋기를 원하며 욕심을 챙긴다.

분별과 욕심이 만들어낸 애씀은

아름답고 평온했던 나의 일상의 자연스러움을 모두 깨버렸다.

자연스럽다는 것은

순리대로 흐르는 것처럼

원래 자연은 욕심을 부리지 않는다.

서두르지도 않는다.

자연은 스스로(自) 그러하다(然).

아무런 대가나 조건 없이 그냥 그러하다.

그리고 그 자체로 좋다.

"더 빨리 흐르라고 강물의 등을 떠밀지 마라.
강물은 나름대로 최선을 다하고 있는 것이다."

- 장 루슬로, 『세월의 강물』-

바람과 함께 사라지다

원함은 마치 암세포와 같다.
본래 우리의 일부였던 평범한 세포가 죽지 않으려 발악하면서
변종세포가 되어 우리를 죽이는 모양새.

원함 자체는 평범한 내 삶의 일부지만,
사라지지 않으면서 나를 죽이는 욕망괴물이 돼버린다.

미래에 대한 과한 두려움과 욕심, 그로 인한 현실 왜곡,
늘 원하고, 그렇기에 늘 얻지 못하고 있다는 생각들.
살려고 발악하지 말고 쿨하게 사라지자
(삶이 자연스럽게 살아지게 두자).

바람이 왔다가 다시 사라지듯
그렇게 살자.

자연스럽게….

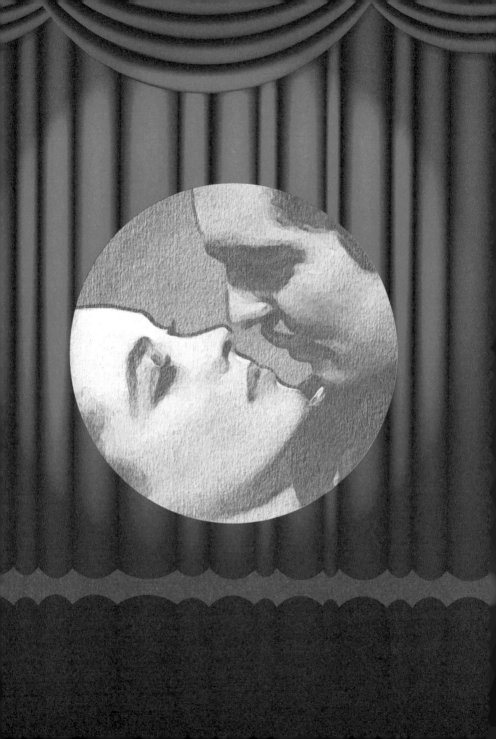

4장

내가?
뇌가!

스트레스를 받을 때, 화가 나 있을 때나 누군가와 다툴 때,
내 속에 떠오르는 것들은 정상적이지 못한 감정들과 미친 생각들
이다. 물론 그 당시에는 인지하지 못하지만 말이다.
우연히 인지할 수 있다 해도 나는 그것을 제어하기 힘들고,
그런 미친 생각들이 만들어내는 미친 말들까지 입 밖으로 튀어나
온다. 자동적으로 튀어 올라오는 그런 감정들과 생각들이 정말 나
의 참모습일까?

뇌는 내가 아니다

뇌는 장기일 뿐이다

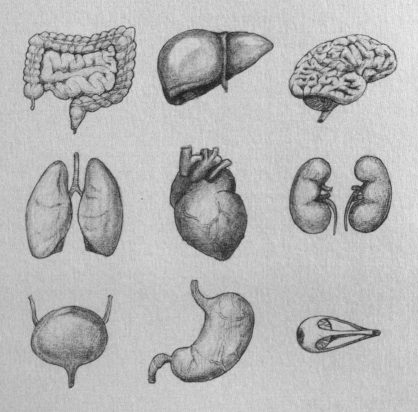

뇌는 그동안 인간의 삶에 너무나 중요한 역할을 수행해왔다.
그렇기에 우리는 뇌를 나 자신과 동급으로 취급해왔다.

하지만 뇌는 그저 신체의 일부분이요, 그저 장기일 뿐이다.

뇌가 매우 중요한 역할을 하고 있는 건 사실이지만, 과대평가돼서도 안 된다. 뇌는 나의 일부지, 내 전부가 아니다. 뇌만큼 내 몸의 모든 신체가 소중하다. 뇌는 정교한 기계다. 축적된 정보로 현재를 분석 및 해석하고 행동의 판단을 맡고 있다. 뇌는 늘 올바른 판단만을 내리지 않는다.

그렇기에 우리는 뇌가 하는 모든 일을 믿어줄 수 없다.
뇌는 하드웨어고 마음은 소프트웨어다.
우리가 뇌에 끌려다니는 것은 마치 오래된 소프트웨어를
업그레이드하지 않고 계속 사용하는 것과 같다.
뇌는 과거의 재료로 미래를 시뮬레이션한다. 바꿔 말하면 예측하기 바쁘다. 두뇌의 가장 큰 특징은 현실세계에 존재하지 않는 물체나 사건을 상상할 수 있다는 점이다. 우리는 어떤 상황이 닥쳤을 때(주로 위험한 상황) 미래의 다양한 가능성을 고려해서 끊임없이 정보를 분석하고 평가한다. 이 모든 과정은 전전두피질에서 진행되는데 이곳은 과거의 정보를 근거로 미래를 시뮬레이션하고, 모든 가능성을 고려하여 최선의 선택을 내리는 곳이다. 뇌의 미래에 대한 시뮬레이션은 생존에 유익한 최선의 선택을 위한 비교를 가능하게 해준다.

그러나 뇌는 생존과는 아무 관련 없는 상황에서도 쉬지 않고 시뮬레이션을 한다. 시뮬레이션을 통해 나는 지금 이 순간으로부터 멀어지고, 진정으로 중요한 현재의 경험을 얻을 기회마저 잃어버린다.

아무튼 뇌는 친해지기 참 쉽지 않은 놈이다.

뇌라는 놈은 미쳤다. 자극에 취해 미친 짓을 잘도 한다.

뇌는 자극을 양분으로 먹고산다. 쾌락도 고통도, 뇌에게는 똑같은 자극일 뿐, 즐거운 먹잇감이다. 쾌락에 중독된 인간은 고통에도 강하게 끌리게 된다.

뇌는 늘 외부 세상의 자극들을 기다리고 있다.

필요에 따라 현실을 억지로 조작하기까지 하면서

걱정거리를 억지로 끌어 모아서(만들어서) 고통을 느끼며

돌이킬 수 없는 과거, 답 안 나오는 현재, 알 수 없는 미래,

삶 자체를 걱정거리로 둔갑시킨다.

두려워하고 불안해하고, 우울해하고, 좌절하며 뇌는

원하는 자극들을 먹잇감으로 돌려받는다.

우거워 죽겠뇌.

어떤 종류의 자극이든 새로운 자극이기만 하면 뇌는 만족한다.

하나의 자극으로 만족한 후에는, 더 큰 자극을 원한다.

나는 저항 없이 더 큰 쾌락 또는 고통을 느끼는 자극 속으로 끌려들어간다. 그러나 실체를 확인해보면 나를 두렵거나 불안하게 만든 것들은 좀처럼 일어나지 않는다.

대부분의 걱정거리들은 환상이었다. 게다가 자극에 미친 이 이기적인 뇌는 내가 이런 고통으로부터 자유로워지는 것을 절대로 원하지 않는다. 망할 놈의 뇌! 같으니라고.

결국 이 뇌는 자기만족에만 관심이 있을 뿐

나의 진정한 행복에는 별 관심이 없다.

자극이 없는 현실을

견디지 못하는 뇌의 지배로부터

자유로워질 수 있는 방법은

반복되는 악순환을 끊는 것이다.

뇌에게

가짜 자극의 공급을 멈추고

진짜 자극으로 배를 채워줘야 한다.

즉, 뇌에게 과제를 주는 것이다.

지금 여기 이 순간에

펼쳐진 수많은

진짜 자극들로(아름다운 진짜들로)

뇌의 사료를 바꿔줘야 한다.

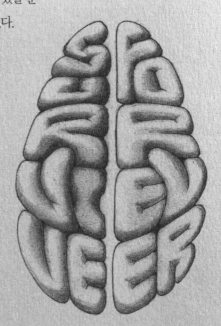

불안 Dissatisfaction
불안 Anxiety
걱정 Worry
두려움 Fear
긴장 Nervousness
빨리 Hurry

아직 not yet memories 기억

후회 Regret
원망 Resentm
탓 Blame
슬픔 Grief
죄책감 Guilt

지금을 가리는 시간

뇌는 '지금'을 부정하기 때문이다.

뇌는 과거와 미래라는 '시간'이 없으면 '나'라는 정체성이 통제되지 않기 때문에 '시간을 초월하는 지금'을 위협적으로 느낀다.

뇌는 나의 지배자로 남기 위해 지금을 과거와 미래로 덮어버린다.

지금보다 더 좋았던 과거나 '더 좋을 미래'로 도피하거나 안 좋았던 지난날을 후회하며 '나쁠 미래'를 걱정하는 습관적인 마음으로 지금을 지운다.

이 두 가지 마음은 모두 신기루일 뿐이다. 결과에 지나치게 초점을 맞춰, 미래의 행복을 너무 의식하게 되면 지금은 미래로 가는 징검다리로만 여겨지고 지금의 진정한 가치는 하락한다.

진정한 존재의 상실이다.

과거에 집착하면 죄책감, 후회, 원망, 한탄, 슬픔, 비탄에 잠기게 되고, 미래에 집착하면, 불안, 초조, 긴장, 스트레스, 걱정과 두려움이 생긴다. 시간은 지금 있는 그대로에 대한 무의식적인 저항을 만들어 낸다.

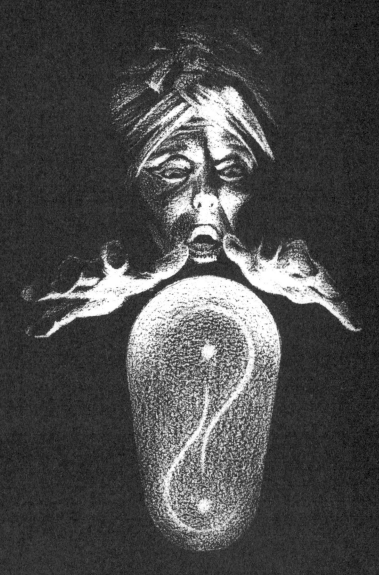

Fortune Teller : 사기꾼

뇌는 확실한 것에 대한 갈망 때문에 불확실성을 일종의 고통으로 여긴다.

그래서 어떻게든 미래를 예측하려고 애쓰는 것이다. 하지만 미래에 대한 생각은 과거 경험에 기댄 일종의 추측 게임일 뿐이다.

미래를 예측하기 위해서 뇌는 과거의 기억을 미래에 투영한다.

지난날을 되돌아보는 과정이 미래의 가능한 시나리오를 유추하는 데 매우 중요하고 미래를 내다보는 것은 환경에 적응하는 데 필요한 능력이기 때문이다.

사업가들은 미래에 대한 우위를 선점하기 위해 미래예측을 한다.

미리 내다보면 위험은 피하고 기회는 잡을 수 있다고 생각하기 때문이다. 그러나 모든 가능성을 다 포함하는 정확한 예측은 불가능하다.

이 세상은 불확실성과 혼돈이 함께 존재한다.

내일을 내다볼 시간이 있으면, 창밖이나 내다보자…. 지금.

미래를 결정하는 것은 오늘 나의 행동이다.

미래는 바로 지금 내가 만들어가고 있는 것이다.

쓸데없이 바쁜 뇌

디폴트 모드

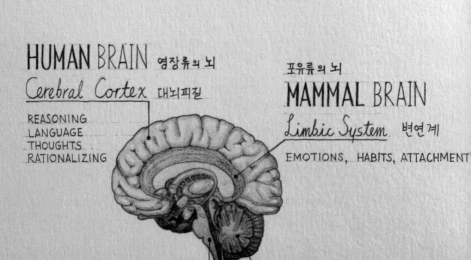

HUMAN BRAIN 영장류의 뇌
Cerebral Cortex 대뇌피질

REASONING
LANGUAGE
THOUGHTS
RATIONALIZING

포유류의 뇌
MAMMAL BRAIN
Limbic System 변연계

EMOTIONS, HABITS, ATTACHMENT

뇌간 Brain Stem and Cerebellum 소뇌
REPTILIAN BRAIN 파충류의 뇌

AUTO PILOT, (REACTION) SURVIVAL

뇌는 무게가 1.3kg 정도로 몸무게의 고작 2% 수준이지만 전체 에너지 20%를 소비한다. 일부 조직은 뇌의 다른 부위에 비해 에너지를 30%나 더 많이 소비하는데, 그것이 바로 DMN(Default Mode Network, 디폴트 모드 네트워크)이다. 마커스 라이클 교수(워싱턴대 의대 뇌 과학자)에 의하면 DMN은 사람이 빈둥거릴 때도 열심히 활동하는 뇌의 영역이며 갑작스런 상황에 뇌가 대응하도록 평소에도 예열 상태를 유지한다고 한다. PET(positron emission topography 양전자 방출 단층촬영)를 이용해 실험해본 결과, 특별히 하는 일이 없을 때에도 뇌 안에서 아직 설명되지 않은 활동이 대단히 많이 이뤄지고 있었는데 실험대상자가 집중을 시작하자마자 DMN 부위가 언제나 약해졌다고 한다.

'디폴트 모드는
무언가를 집중하도록 요구받을 때에는 내려놓았다가
그 작업이 끝나면 다시 바빠진다.'

DMN은 인간의 에너지를 과소비하는 잡생각 네트워크라고도 할 수 있다. DMN의 활성화가 지나치면 정신분열이 생길 수 있지만, DMN 연결이 부실하면 자폐증상이 생길 수 있다고 한다. DMN 역시 적당히만 필요한 도구일 뿐이다.

DMN을 이루는 부분은 안쪽 전전두엽과 바깥쪽 측두엽, 안쪽과 바깥쪽 두정엽이다. 전전두엽은 의사결정에 관여하는 부분인데, 그중에서도 내측전전두피질은 DMN을 구성하는 핵심적인 요소이며 사물이 좋은 것인지 나쁜 것인지를 평가하는 곳이다. 측두엽에는 기억에 중요한 기관인 해마가 자리 잡고 있다. 이 영역들은 과거의 경험들을 평가하며, 이를 토대로 미래에 일어날 일을 상상하고 예측하는 뇌 시스템이다. 반추사고(지난 일을 떨쳐내지 못하고 자꾸 생각하는 상태) 또한 DMN을 극도로 활성화시킨다고 한다. 이런 활동들이 매우 중요하다고 판단하는 뇌는 그렇게 할 수 있을 때마다 열심히 매진한다. DMN은 잡생각을 할 때 활성화된다.

신경과학자인 저드슨 부루어의 연구팀은 fMRI장비를 이용해 실시간으로 뇌 활동의 변화를 측정하는 뉴로피드백 실험을 통해 명상하는 뇌를 촬영했다. 실험 결과, 명상가들의 뇌에서는 DMN 영역들의 활동이 눈에 띄게 감소한다는 사실을 발견했다. 주의력이 약해지고 나 자신에 관한 잡념에 빠져들 때 활성화되는 뇌 부위들이 온전한 주의집중을 통한 마음의 평정 상태를 경험할 때는 멈춘다는 것이다. 잡생각(마음의 수다)이 필요 없어지는 몰입상태이기 때문이다.

생존본능

자연스럽게 살아 숨쉬는 나

　좀 차분한 사람이고 싶은데 맘처럼 되질 않는다.

　나는 왜 정말 별것도 아닌 것에 반응할 수밖에 없는지 정말 알고 싶었다. 다행히도 내가 이러는 게 뇌 이놈 때문이라는 것을 알 수 있었는데, 뇌에 장착되어 있는 생존본능 때문에 나도 모르게 본능적으로 반응한다는 사실에 마음은 조금 편해졌다.

　그리고 그렇게도 예민하게 반응하는 남들도 조금은 더 이해할 수 있게 됐다. 그들의 뇌도 그저 살고 싶어서 그러는 것일 뿐이었다.

우리가 이 세상과는 독립적으로 존재한다는 오해가 삶의 목적을 살아남기로 만들고, 그래서 세상과 맞서게 만든다.

이 세상과 분리되지 않고 함께 흐를 뿐이라면 우리는 자연스럽게 살 수 있을 것이다.

잔뜩 겁에 질린 채 어떻게든 살아남기 위해 발악하고 앞으로도(유전자로서나마) 영원히 살기를 원하는 욕망은 기본적인 생존과 번식의 본능 왜곡이다.

모든 것은 흘러간다. 사람의 육신 역시 자연스럽게 흘러 결국은 흙으로 돌아가는 전체 과정의 일부일 뿐이다.

하지만 우리는 다양한 형태로 계속해서 변하는 세상 속 자연스러운 흐름을 멈추고 고정된(안정된) 패턴을 찾으려는 억지를 부린다(안정된 직장을 얻는 것 등이 그런 억지다).

우리는 숨을 쉬기 위해 애쓰지 않는다. 숨은 내가 원한다고 해서 더 쉴 수 있거나 덜 쉴 수 있는 것이 아니다. 강물이 흐르고 바람이 불 듯 자연스럽게 사는 것이 삶이다.

더 이상 생존을 위한 전쟁의 시대가 아니다.
이제는 괜찮다. 두려워하지 않아도 된다.

위험 앞에서 우리는 발각되지 않기 위해 얼거나(Freeze),
살기 위해 도망치거나(Flee), 둘 다 불가능하면 싸운다(Fight).
내 앞에 그가 나를 잡아먹을 가능성이 전혀 없음에도 불구하고
그 앞에서 내 온몸이 얼어버린다.

내 앞에 있는 그녀가 식인종도 아닌데 그녀에게서 뒤돌아 겁나게 뛰
어 달아난다. 내 앞에 그들이 나의 죽음에 관심이 하나도 없는데 그들
에게 달려들어 싸운다.

너무 놀라면 순간적으로 몸이 굳어버린다.

강한 외부 자극을 인지하게 되면 근육이 긴장되며 중추신경과 말초
신경이 일시적으로 멈춤 상태가 된다.

스트레스에 의한 정보간섭이 일어나고 의식과 잠재의식의 불일치
가 몸의 경직 상태를 만든다. 예상하지 않았던 일이 생기면 우리는 당
황하고 멈칫한다. 이런 상황에서는 아무것도 안 하는 게 상책이라고
믿기 때문이다.

맹수의 눈에 띌까 겁이 나서 숨소리도 내지 않고 죽은 척을 하는
본능적 반응이다.

죽을까 봐 두려운데 숨을 죽인다니….
나를 잡아먹기 위해 달려들 맹수 따위는 더 이상 없다.
맹수 같아 보이는 상사도 나를 실제로 죽이지는 못한다.

panic of panic

지금 이 상황이 나의 생존을 위협할 정도의 위협은 아니라는 사실을

알아차리고
숨을 쉬고
움직이자.

나의 심장은 두근대고 혈압이 오르고
손발이 차지면서 찌릿해지기도 하며
언제든지 도망칠 태세를 하도록
아드레날린이 분비된다.

실제로 위험한 상황인지 정확하지 않아도 일단 도망부터 치는 버릇이 있다 보니 시도 때도 없이 회피만 하다가 일생을 허비하고 있다.

위험한 맹수 앞에 군이 용감하게(?) 목숨을 걸 것까지는 없지만 적어도 그것이 진짜 맹수인지 아닌지 확인은 해봐야 하지 않을까.

멈추거나 도망가지도 못할 때 최후의 수단은 싸우는 것이다.

도망치던 쥐가 구석에 몰리면 고양이를 물기도 하는 것처럼 말이다. 분노와 증오로 뒤덮인 싸움 이면에도 두려움이 있다.

'나'라는 존재가 끝나게 될 것이라는 생각으로 오는 절망감이다.

어떻게든 그런 결과를 온몸으로 막아보려는 마지막 발악이다.

그리고 자신의 두려움을 숨기기 위한 전략으로서의 분노다.

활활 타오르는 횃불 뒤로 나약한 나의 모습을 숨기려는 것이다.

타인을 때려눕혀야 내가 살 수 있는 시대가 아닌데도 나는 서로의 견해 차이로 생긴 언쟁을 할 때조차 생존의 위협을 느끼며 순식간에 전투 모드로 진입한다. 나의 주장과 나의 존재를 동일시하기 때문이다. 나의 신념이나 자존심이 무너지면 나의 존재도 함께 무너진다고 오해하기 때문이다.

'나' 이외의 낯선 것을 배척하는 공격본능에는 낯선 것은 무조건 위험하고 피해야 한다는 맹목성이 있다. 그저 낯설다는 이유만으로 공격(제거)과 방어의 대상이 되는 것이다.

생존게임

Game Over를 당하지 않기 위한 발악

비디오게임은 인간의 가장 원초적인 욕망을 이용한다.

죽음의 공포와 제거, 즉 생존의 쾌락이 비디오게임의 원리다.

게임의 재미는 Game-Over를 당하지 않기 위한 생존본능에 있다. 살아남아(이번 판을 깨고) Next Round로 가는 것, Level-up과 기록 깨기가 목적이다.

인간의 유전자는 내가 생존에 이로운 것을 원해서 얻거나 위협이 되는 것을 피하는 데 성공하면 즐거운 감정(쾌락)을 느끼도록 프로그램되어 있다. 공부를 열심히 한 아이에게 칭찬이나 용돈 등으로 보상을 해주는 것처럼 말이다.

인간은 그 어느 때보다 풍족하고 안전한 시대에 살고 있다.

우리는 웬만해서는 죽지 않는다.

더 이상 살아남는 것이 삶의 목적이 아니다.

많은 이에게 게임의 목적은 이기는 것일지 몰라도 게임(playing) 자체가 목적인 사람도 있다. 게임이 그냥 좋은 거다. 지든 이기든 상관없이 그냥 즐길 수 있다면 진짜 승자가 아닐까? 진짜 다음 레벨로 간다는 것은 인간의 영적인 레벨-업이 아닐까?

**부정적인 경향은 지나간 실패를 강조하고
현재의 가능성을 무시하며
미래의 문제를 과장한다.**

죽지않아

불편함에 대한 내성이 사라진 시대

현대 기술문명 덕에 매우 편해졌지만 너무 편해지다 보니 불편함에 대한 내성도 점점 낮아지고 있다.

세상은 점점 더 편해지는데 나는 더 불편해지고 있는 것이다.

어린 시절 병치레가 잦았던 아이가 오히려 장수를 하고 튼튼했던 아이가 자신의 몸을 과신하다가 큰 병으로 고생하기도 한다. 분명 적당한 위험요소와 불편함은 인간에게 매우 소중한 친구다.

좋은 삶은 불편함과 고통이 없는 삶이 아니라 불편함을 궁극적 동반자로서 공존하며 살 수 있는 삶이다.

불편한 상황이나 자동적인 감정은 영원히 없애버리거나 피할 수 없다. 어떻게 맞이하고 어떻게 함께하느냐가 중요하다.

불편에 대한 내성을 높이기 위해서는 '이것은 생명의 위협이 아니다'라는 의식적인 자각이 필요하다.

불편이 우리를 찾아올 때마다 이렇게 생각하자.

"난 이런 것 따위로는 절대 죽지 않아."

빨리빨리

자연은 서두르는 법이 없다

　오래전 조상들은 위험한 상황이 닥칠 때마다, 그 상황이 진짜 위험한 상황인지 미처 따져볼 새도 없이 일단 빨리 도망부터 치고 봐야 했을 것이다. 정확도는 떨어져도 '최대한 빠르게'가 생존을 좌우하는 일이 많았을 테니까.

　그 생존본능이 고스란히 새겨진 현대사회는 즉각적인 시장을 만들었다. 포털 검색으로 정보욕구의 즉각적 해결, 전자레인지를 이용한 배고픔의 즉각적 해결처럼 말이다.

　우리는 언젠가부터 불편에 대한 내성이 지극히 떨어진 세상에 익숙해져 있다. 즉각적인 만족은 기대를 충족시키는 데 있어 단기적으로는 가치가 있지만 우리로 하여금 모든 문제가 단기간에 해소되기를 기대하게 만들었다.

　언제나 성급히 결론을 지으려고 하며 느린 건 불편하게 느끼게 된 것이다. 이 오래된 생존본능의 왜곡 때문에 우리는 나에게 닥친 상황이 좋은지 나쁜지를 너무 빨리 판단하려 한다.

　모든 상황, 사물이나 사람에 대해 짧게 요약하고 압축해서 평가하려는 습관이 밴 듯하다. 모든 것에는 장단점이 공존하고 다양한 측면이 있을진데, 다양한 그(녀)를 짧게 평가하고 판단하는 것은 지나치고 위험한 왜곡 아닌가.

우리는 자연으로부터 사는 법을 배울 필요가 있다.

자연은 서두르는 법이 없다. 성급한 우리의 재촉에도 계절은 절대
서두르지 않는다.

과정과 경험이 없는 결과

Don't believe everything you think.

네가 하는 모든 생각을 믿지 마

생각
사실은 도피

어린 시절 나는 몽상가였다.

상상 속에서 나는 히어로가 되어 악당들을 물리치며 즐거워했다.

한시도 곁을 떠난 적 없는 이 생각은 둘도 없는 절친이었다.

내겐 생각이 정말 많다.

생각의 꼬리에 꼬리를 물며 밤을 홀딱 지새운 적도 많고

생각을 너무 크게 하다 보니 혼잣말을 미친 사람처럼 하기도 한다.
생각 자체가 나쁜 것은 아닐 것이다.

고뇌가 나를 성장시켰다고도 할 수 있다.

하지만 나는 생각하느라 아주 많은 것을 놓치기도 했다.
나에게 생각은 현실로부터의 도피처였다.

그때는 내가 생각을 하며 지금보다 더 안전한 곳으로 숨을 수 있
다고 생각했지만 돌아보면 그곳은 절대 안전한 곳이 아니었다.

살아남기 위해서
'생각'했다

남을 평가할 때도 남의 눈치를 볼 때도 생각이 더 복잡해졌을 뿐 내가 살아남기 위한 자기중심적인 생각은 500만 년 전이나 40만 년 전이나 지금이나 똑같다.

남의 눈치를 보는 건 착한 심성 때문이라고 생각했던 때가 있었다.

하지만 그건 남이 하는 나에 대한 평가가 중요했기 때문이었다.

나에게 방점을 두지 않을 때는 생각 없이 배려 있는 행동을 할 수 있었다. 아마도 그게 진짜 나의 본성일 거 같다.

생각은 과거나 미래를 향한다. 지금에 대한 생각은 없다.

과거의 경험들을 기억하거나 축적된 정보자료를 근거로 추론하고 분석하는 기능을 생각이라고 한다. 그렇기 때문에 생각이란 과거나 미래를 향하는 경향이 있다.

뇌는 매 순간 자신이 인식한 상황과 과거의 경험을 비교한다. 내 경험에 비춰 모든 걸 결정하는 것이다.

생각은 과거에 즐거웠기에 그리워하거나 즐겁지 못했기에 아쉽고 후회스러운 경험 그리고 그런 불만족스러운 일이 앞으로 다시 벌어지지는 않을까 걱정하거나 다가올 미래에는 제발 만족스럽기를 기대한다.

생각은 지금 현재 무언가를 하고 있을 때 그것과 다른 것이 떠오르는 것이다.

생각을 하지 않는다는 것은 실제로 존재하는 것에
집중하는 것이다. 지금 이곳에 있을 때는 '생각'하지 않는다.
그저 느낄 뿐이다.
지금에 대해서 생각하려는 순간 그때의 지금은 이미 지나갔다.
'지금'은 생각할 수 있는 무엇이 아니라
그냥 함께 있어야 하는 것이다.

❹

생각과 의식은 동의어가 아니다.

생각은 의식의 작은 일부일 뿐이며 의식은 생각을 필요로 하지 않는다. 의식적으로 무언가를 느끼는 순간에는 이미 무의식이 그것을(훨씬 이전부터) 결정해놓은 상태라 할 수 있다.

의식은 무의식에 비해 더 많은 에너지를 요하며 속도도 느리기 때문이다. 무의식은 단순한 반복작업의 귀재다. 그래서 의식적인 태도가 필요할 때 큰 장애물이 된다. 의식적으로 깨어 있어야 하는 순간에도 무의식은 늘 해왔던 대로 자동적으로 실행된다. 무의식은 기억과 학습으로 알고 있는 것만을 원한다.

　고로 무의식이 주도하는 생각에 휘둘릴 때

　나는 의식을 잃은 상태다.

　무의식적으로 미친 짓을 했던 나를 자책할 필요는 없을 것 같다.

　하지만 최선을 다해서 의식적으로 제정신으로 살아야겠다.

나에게 필요한 것은 실천이다.
생각은 이제 그만하고 '그냥 하자!'

나는 온갖 종류의 중독에 취약한 세상에 살고 있다.

게임, 소셜 미디어, 쇼핑, 음식, 일, 술, 담배
그리고
그 무엇에든!

생각이 없는 곳에 내가 있다

생각은 내가 아니다

    생각은 뇌에서 만들어지는 것이고 뇌는 나의 일부이기 때문에 생각을 '내'가 한다고 '생각'했다. 하지만 생각은 내가 평생 살아오면서 경험한 정보들이 조건에 따라 자동적으로 떠오르는 것일 뿐이다.

    무수한 정보가 서로 복잡하게 연결되어 계속해서 떠오르는 잔재다.

    진짜 나는 생각이 없는 곳에 있다.

    진짜 나는 의식적인 나다.

    의식적이라는 것은 '알아차리고 있는 상태'다.

    머릿속 습관적인 떠듦과 잔소리가 시끄럽게 하고 있음을 '아는 것'이다.

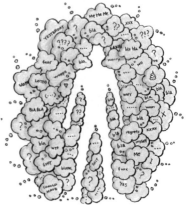

"I think where I am not.
therefore I am
where I do not think."

202

생각에 휘둘리지 않는 방법은 '있음'을 '자각'하는 것이다.

하루에도 5만 가지 생각이 마음속을 들락날락한다.
눈만 감으면 별별 상념이 떠올라 사념이 끝이 없다.
가만 놔두면 생각은 꼬리에 꼬리를 물고 괴물처럼 커져서
마침내 나를 삼켜버리고 내 영혼을 숨막히게 한다.
외부 상황이 생각의 원인이 되고 머릿속에서는 그 상황에 대한 평가
가 끊임없이 실행되고 있다(무의식적, 자동적으로).
이제 없는 것(과거나 미래)을 생각하는 것이 아니라 있는 것(현실, 지
금)을 감각적으로 느낄 것이다!
진짜 현실 속에서 여기 '있음'을 자각하는 것, 나의 존재가 전체(세상)
의 일부임을 느끼는 것이 생각에 휘둘리지 않는 방법임을 알게 되었으
니까. 있는 그대로의 현실을 과감하게 볼 것이다.

"그림을 그릴 때 나는 생각을 멈춰요.
그리고 내가 내 안팎에서 모든 것의 일부로 느껴져요."

- 빈센트 반 고흐 -

생각과 감정은
손님일 뿐이다

흘러가는 강물과 같은 생각에 빠지다

생각은 언제나 감정과 함께 찾아온다. 대개는 두 가지 버전의 반응이 있다. 생각 및 감정과 하나가 되는 경우 아니면 생각과 감정을 필사적으로 거부하는 경우다. 만약 그 생각과 감정이 분노라면 우리는 분노 그 자체가 된다. 거부할 때도 거부라는 감정 그 자체에 두려움, 저항, 싸움이 담겨 있어 오히려 그 상태가 증폭된다. 화가 난 자신의 모습을 들키지 않으려고 꾹꾹 누르고 있다 보니 더 화가 나서 미치는 형국이다.

하지만 우리에게는 세 번째 옵션이 있다. 그것은 바로 받아들이는 것이다. 분노가 가득한 생각과 감정이 잠시 올라왔다는 것을 인지하고, 그들을 손님 대하듯 맞이하는 것이다. 좋은 손님, 나쁜 손님을 구별하지 않고 그저 오고 가게 허용하는 것이다.

생각과 감정으로부터 자유로운 것이 진정한 자유다. 그들로부터 자유롭다는 것은 생각과 감정을 없애버린다는 의미가 아니라 그들을 나의 의식 속에서 인지한다는 것이다. 생각과 감정은 강물과도 같다. 내가 할 수 있는 일은 그저 강물이 자연스럽게 흘러가도록 내버려두는 것뿐이다. 내버려두는 것은 외면하거나 무시하는 것이 아니다. 감정을

❹

205

허용하고 친절하게 바라봄으로써(인지함으로써) 감정과 친해지고 감정
이 증폭되지 않게 위로해줄 수 있다. 그들과 동화되어 따라가지 않는
것이다. 강물에 빠져 휩쓸려가지 않는 것이다.

  인지와 해방은 동시에 일어난다.

  생각에 빠져 있다는 것은 생각을 보고 있지 않다는 것이며
  정신없이 허우적대며 생각에 쓸려간다는 의미다.
  생각과 감정은 강물처럼 계속해서 흐른다.
  멈추려고 들면 오히려 더 커질 뿐이다.
  생각 자체는 문제가 없다.
  내가 그것과 하나가 되지 않는 것, 그것에 휘둘리지 않는 것이
  중요하다.

"강물을 바라볼 수 있다는 것은
강물 밖에 있다는 뜻이다."

-욘게이 밍규르 린포체-

과연
생각을 안 할 수 있을까?

지나쳐서 지나치다

"도대체 생각이 있는 거니?"란 말…, 참 많이도 들었다.

내 행동이 마음에 들지 않는다는 말이었겠지만 가만히 보면 생각이 없다는 걸 마치 정신이 없다거나 바보 같은 것으로 여기는 말이 된 지 오래다. 사실 생각은 오히려 사람을 정신없이 만드는 데 말이다. 생각 없이 가만히 있는 게 얼마나 어려운지 모르나 보다. 대화를 할 때도 말하는 내용에 대한 평가를 하거나 다른 생각을 하느라 그의 말을 온전히 듣지 않는다(못한다).

아까 일이나 이따 일에 대한 생각, 그의 말에 대한 비평 그리고
그다음에 할 말을 생각을 하느라 바쁘다.

대화뿐 아니라 모든 경험이 늘 그렇다. 그런 우리에게 지금 필요한 건 의식의 힘이다. 현재에 온전히 있으면 생각은 끼어들 틈이 없다. 물론 그런 온전한 의식 상태는 오래가지 못한다. 그렇기에 최대한 자주 의식으로 돌아오려는 노력이 필요하다. 지나쳐서 좋은 것은 아무것도 없다. 생각이 지나쳐서 진짜 좋은 것도 지나쳐가고 있다.

나쁜 생각은 하면 안 되고 좋은 생각은 해도 된다는 생각은 또 다른 강박일 뿐. 좋은 생각, 나쁜 생각에 대한 구별 없이 우리는 모든 생각에서 자유로울 수 있어야 한다. 그러기 위해서는 생각이 일어나는 것을 담담하게 바라볼 수 있어야 한다. 생각은 중요하지 않다.

개념(이념)이 쌓이면 생각이 되고
생각이 쌓이면 감정이 된다.
감정으로 반응하는 습관이
우리의 인생을 만든다.

나는 정말 잘났다!

내 그 잘난 판단력을 난 너무도 신뢰한다.

어떤 사건에 대해서 '그것은 이런 이유로 이랬을 것이다'라고 내 추측을 과신한다. 심지어는 상대의 말투나 표정만 보고 그 사람의 생각을 읽어내는 마법의 능력이 나에게 있다고 믿는 것 같다. 그거야말로 정말 슈퍼파워 아닌가…. 그런데 이런 슈퍼파워가 나를 불행하게 만들었다.

영화 〈엑스맨〉에 등장하는 엑스맨들이 그들의 슈퍼파워 때문에 오히려 힘들어하는 모습을 보고 이해가 가지 않았는데 이제는 알 것 같다. 그런 슈퍼파워는 선물이 아니라 저주라는 사실을….

과거는 아직도
끝나지 않았다

불만족스러운 과거는 끝나지 않는다

인간에게는 살면서 경험한 것들을 100% 저장할 수 있는 공간은 없다.우리 뇌도 내용을 간략하게 압축해서 저장해놓을 뿐이다. 두 가지 방법으로 말이다.

평화롭고 만족스럽게 끝난 과거(좋은 기억)는 상황이 종료되었기 때문에 안전하게 포장해서 깊숙이 잘 저장해놓았다가 내가 필요할 때 찾아 포장을 풀러야만 볼 수 있다.

불만족스러웠던 과거의 일은 아직 상황을 종료한 일이 아니기 때문에(아니었으면 하길 바라기 때문에) 계속해서 진행형 상태이고 그렇기 때문에 꺼내기 쉬운 위치에 놓아둔다.

그래서 나쁜 기억은 더 또렷하다.

이유가 어떻든 이미 지나간 사건을 종결시키지 않는 이유는, 과거에 대한 잘못된 이해에서 온다. 과거는 기억 속에서만 존재할 뿐이고 실재가 아니라는 것을 이해하면 후회가 없다.

사실은 이미 끝난 일이고 돌이킬 가능성이 전혀 없는데도 너무나 아쉽고 어떻게든 다시 되돌리고 싶어서 종료하지 않은 일인 것이다. 내가 저지른 실수가 나의 안위에 치명적일 거라는 생각 때문에 여전히 위급상황인 것이고 그와 비슷한 미래의 상황에 대비하기 위해서 눈을 부릅뜨고 초비상사태로 보초를 서는 것이다.

주관적인 문을 통해 보이는 주관적인 세상

인지 왜곡

자기중심적인 사고가 가짜 세상을 창조한다

지각은 지극히 주관적이다. 우리는 세상을 우리의 방식대로 해석하고 재구성한다. 우리는 과거의 경험을 토대로 세상의 의미를 추측해낸다.

자라온 환경과 배운 정보들에 따라 사람들은 저마다 다른 방식으로 세상을 해석하고 있다. 자신의 삶에 일어나고 있는 현상들에 대한 원인 파악이 잘되지 않을 때 온갖 방식으로 추측하는 비정상적인 해석과 이해가 인지 왜곡이다. 철저히 나의 입장에서, 나의 이익을 우선시하는 자기중심적 사고가 인지 왜곡을 만든다.

인지 왜곡이란 짧고 빠른 순간, 즉각적인 감정으로 나타나는 자동적 사고다. 무의식적, 본능적 반응이다. 이렇게 자기중심적일 수밖에 없는 본능에만 의지한다면 나는 평생 자기중심적으로 살면서 진짜 세상을 경험하지 못할 것이다.

❶ **회피 왜곡/ 현실 부정:** 어려운 일에 직면하면 회피하는 게 최선이라고 보는 자기도피. 숨거나 눈을 가리거나 도망친다.

회피하면 해피해질 것 같아?

❷ **시간 왜곡/ 미래 지향**: 결과에만 집중하며 생각이 과거나 미래에 머문다. 과거를 회상 및 후회하고 미래를 기대 및 걱정한다.

나에겐 다른 시간에 대해서 생각할 시간이 없다.

❸ **단순 왜곡/ 일반화**: 고작 몇 번의 사건으로 무리하게 판단 및 결론 내린다. 하나를 보면 전체를 알 수 있다고 생각한다.

잘난 척 좀 그만하자.

❹ **과장 왜곡/ 과장**: 실제보다 과장해서 확대 혹은 축소해서 본다. 한마디로 표현하면 "죽을 것 같아!"

과장 왜곡/ 극단화: 중간지점 없이 최악 혹은 최고만 본다. "성공 아니면 실패!"

과장 왜곡/ 파국화: 언제나 최악의 결과를 먼저 생각한다. "난 이제 완전히 망했어!"

오버 좀 하지 말자.

❺ **창작 왜곡/ 추리 추론**: 감정적 추리나 임의적 추론으로 사실을 만들어낸다. 정황이나 확인 없이 감정에 근거하여 상대방의 마음을 지레짐작한다. 자신보다 앞서가는 친구들을 보면 '자기들끼리만 가버리다니 날 무시하는 게 분명해!'라고 생각한다.

창작 왜곡/ 개인화: 자신과 상관없는 것을 자신과 연결하는 오류다. 사람들이 대화를 나누다가 나를 쳐다보면 '내 뒷담화를 하고 있었던 게 분명해!'라고 생각한다.

정말 창의적인 나

부정적이든 긍정적이든 사실과 다르면 왜곡이다.

객관적인 문을 열고 만나는 객관적인 세상

'긍정적으로 생각하라'는 말을 많이도 듣는다. 매사에 적극적이고 능동적이며 긍정적인 마인드는 사람들에게 많은 에너지를 준다. 그러나 현실을 직시하지 못하는 무조건적인 긍정 마인드는 현실 왜곡의 주범이다. 억지로 웃으며 현실회피를 하려는 마음일 뿐이다.

물론 비관적으로 낙담만 하는 것 역시 현실 왜곡이다.

상황이란 그저 변화하는 전체 과정의 일부 현상일 뿐이며 앞으로의 일은 지금과 같지 않을 것이다.

'진짜' 긍정 마인드는 무조건 잘될 거라는 자기최면이 아니라 앞으로 무슨 일이 생길지 아무도 모른다는 사실을 아는 것이며 앞으로 다가올 여정이 무엇이든 당당히 맞으리란 열린 마음이다.

마인드가 부정적인지, 긍정적인지 중요한 게 아니라 사실을 그대로 왜곡 없이 보는 게 중요하다. 왜곡되지 않은 세상에는 그저 모든 것이 함께 어우러져 자연스럽게 존재한다.

겁나게 겁 많은…

현실에서가 아니어도 좋으니 살고 싶은…

실패에 대한 기억은 미래에 대한 우리의 자신감을 하락시키고
지금(현실)에서 도망가고 싶게 만든다.
우리가 아무것도 하지 않는 것은 부정적인 결과의 가능성 자체를
차단하고 싶은 바람에서 오는 현실 부정이다.
희망 없는 미래에 대해서는 두려워하면서
계속해서 그 착잡한 미래에 대해(결과에 대해) 걱정하는 것은
정말 모순적이며 바보 같은 짓이 아닐 수 없다.

일단 도망치고 모든 가능성(특히 최악의 상황)에 대해 예측(걱정)하고
복잡한 위협을 빨리 단순화(일반화, 단일화)하려는 것이다.
그러면서 우리는 현실에서 멀어진다.

지금 이 순간, 지금 이 공간을 느끼지 못하게 하고
그 안에 포함된 모든 상황과 사람도 느끼지 못하게 만든다.
시간 이동과 공간 이동을 하게 만드는 것이다.
완벽하게 좋은 걸 기대하면서 아무리 좋은 곳에 있어도
좋음을 알아차리지 못하고 꽤 괜찮은 지금을 느끼지 못하게 만든다.

You can't see the whole sky through a bamboo tube

댓구멍으로 하늘 보기

판단평가

프레임에 갇히다

무엇은 어떠해야 한다는 프레임을 씌우고 일치하지 않을 때 나는 그것을 무엇으로서 인정하지 않았다.

나 스스로에게도 마찬가지였다.

오디션 프로그램이 세상 인기다. 나도 즐겨 본다.

그런데 그런 경쟁 오디션 프로그램에서는 시청자인 나도, 평가하는 심사위원들도, 모두가 아티스트들을 비교하고 점수를 매기는 데 온 초점이 맞춰져 있다.

그러다 보니 그 퍼포먼스를 제대로 감상하지 못하는 것 같다.

건축설계 일은(다른 일도 크게 다르지는 않을 것 같지만) 판단평가와 비교 그리고 경쟁의 연속이다. 만족이란 있을 수 없다. 늘 더 좋은 것을 만들기 위해 문제점을 찾으려 애쓴다.

아버지는 어때야 한다, 어른은 어때야 하고 남자, 여자는 어때야 한다…, 온갖 프레임을 씌우고 그에 걸맞지 않은 모습을 보이면 그를 인정하지 않는 짓을 나는 끊임없이 해왔다.

그것은 나 스스로에게도 마찬가지였다. 그래서 나 스스로 만족해한 날이 많지 않았다.

신기루 같은 기준

제멋대로 평가한다

어떤 옷이 좋은 옷인가?

어떤 차가 좋은 차인가?

좋은 디자인은 무엇일까?

좋은 책은?

어떤 영화가 좋은 영화이며

왜 좋은 영화일까? 재미있어서?

재미란 뭘까? 별 점 5개?

그 영화는 누구에게나 다 좋을까?

나는 요즘 어떤가? 내 삶은 요즘 좋은가?

왜 좋은가? 혹은 왜 안 좋은가?

도대체 얼마나 대단해야 좋은 삶인가?

뛰어넘으면 안심할 수 있는 명확한 기준도 없는데

신기루처럼 잡히지 않는 기준을 향해서 계속 달려왔다.

어차피 기준이란 건 제멋대로일 수밖에 없었는데

그냥 내 멋대로 사는 게 좋지 않을까?

저마다 다 다른 사람을 기준으로 삼았다가는
아마 수억 개의 판단기준을 갖게 될 것이다.

비교를 할 거면 제대로 하자.
비교는 내가 남과의 기준점을 만들어 일어난다.
나보다 작다, 크다, 많다는 판단이 일어난다.
비교에서 벗어나려면 나와 관계없이 상대를 보면 된다.
결국, 내가 문제다.
비교는 실재를 보지 못하게 한다.
(실재를 보지 못하기 때문에 비교를 하는 것이기도 하다.)
전체를 보거나 과정으로 본다면
비교가 설 자리는 없어진다.

prison of comparison

비교는 절대로 끝나지 않았다.
주변에 큰 게 있으면 내 것은 턱없이 작아진다.
결핍과 불만으로 이어진다.
'보다 더'라는 개념은 원래 끝이 없는 개념이지 않은가?
비교를 멈추지 않는 한, 나는 끝없이 남과 나를 비교하며 그들보다 우월하려고 애썼다. 최선보다 최고를 지향하며 비교는 경쟁심을 불러 일으켜 즐기지 못하게 했다. 과정을 중시하지 않은 채 결과만 생각하게 했고 그것의 의미는 찾지 못하게 했다.

비교는
정말
미친 짓이다.

우월감으로는 결핍을 채울 수 없다.

우월감은 남을 무시하는 비인간적 인격의 기초다. 열등감은 자신을 학대하는 비관적 인격형성의 바탕이다.

나는 남들보다 우월하다고 느끼고 싶었으나 매번 열등감을 느끼기 싫어서 우월감을 가지려 애썼다. 그렇게 나는 우월감과 열등감 사이를 수시로 왔다 갔다 했다.

열등감은 나를 인정받고 싶어 하는 숨은 동기다.

그러나 나 스스로를 인정해주지 못하면 평생 남들 인정만 구걸하며 살게 될 것이다. 나를 향한 타인의 평가와 평가기준도 썩 믿을 만하지 못했다. 인정에 의존하지 않으면 우리는 그 어떤 비평에도 당당할 수 있다. 진정한 인생의 가치는 비교가 아닌 존재 자체에 있었다. 우월감은 결핍을 느끼는 마음을 결코 채울 수 없다.

그리고 그 결핍은
진짜 결핍이 아닐 가능성이 매우 높다.

고정관념

스스로 깨면 병아리가 되고, 남이 깨면 프라이가 된다

Break the Rules.

알이 외부의 힘에 의해서 깨지면
생명이 끝나거나 다른 생물의 먹이가 되지만
스스로 알을 깨고 나오면 새로운 생명으로 탄생한다.

하지만 인간은
고정관념이라는 틀을 열심히 만들고 그 안으로 들어가려 한다.

모든 것은 변하며 고정된 것은 아무것도 없다.

스스로 깨면 병아리가 되지만
남이 깨면 프라이가 된다.

위대한 것들은 언제나 안에서부터 시작한다.

모두의 관점은 다르다.

서로의 교집합을 찾아내기 위한 노력은 물론 필요하지만 이 역시 쉬운 일이 아니라는 것 역시 사실이다. 그러니 서로의 이해관계가 다를 수밖에.

모든 것을 담는 프레임이 필요하다.

뱀, 나무, 사막, 빗자루, 화성, 뿔….

프레임을
깬다는 것은
결코 쉽지 않은
일이다.

유연한 경계

뭔가를 인식하기 위해서 프레임이란 것은 반드시 필요한 도구니까.

프레임의 경계를 유연하게 확장시키고 최대한 모두를 그 안에 포함시키는 노력이 중요하다. 그러면 있는 그대로 모두를 볼 수 있다. 프레임이란 속이 비어 있는 일종의 '틀'일 뿐이고 그 사이로 지금 여기의 모든 것이 통과해 지나간다.

멈출 수 없는 것을 멈추려 하거나 채울 수 없는 것을 채우려 애쓸 때 고통이 생겨나는 것이다.

끊임없이 흐르는 것이 진짜 세상이다.

모든 것은 변한다.

그것이 프레임을 유연하게 해야 하는 이유다.

비움

진짜 경험을 위한 자리

낡은 정보들과 생각들을
더 이상 붙들어놓지 않고
흘려보낼 때라야 지금 우리에게 펼쳐진
이 멋진 세상과 만날 수 있는 공간이 드러난다.
우리는 속이 비어 있는 '원'과 같은 존재다.
가득 채워진 원은 종지부를 찍었음을 의미하는
'점'일 뿐이다.
비어 있는 원은 아무것도
채우지 않음으로써
모든 것이 흘러 지나갈 수 있다.

5장

진짜?
가짜?

진짜?!

!

통계에 따르면 한국인이 가장 많이 하는 말 1위는
'진짜'라고 한다.
혹시 방금 속으로 '진짜?'라고 하지 않았나?
내가 말하는 것이 진짜라고 주장하고 싶은 이유로, 혹은 어떤 것이
진짜인지 알고 싶은 이유로
'진짜'라는 말을 가장 많이 하는 것 같다.
나 역시 진짜에 집착하며 살았다.
심지어는
진짜를 앞에 두고도 진짜를 찾는 모순적인 삶을 살았다.
진짜의 진짜 의미에 대한 오해 때문이었던 것 같다.

진짜를 제대로 경험하지 못했기 때문에
진짜라면 기꺼이 받아들일 수 있을 것 같은데
그것이 진짜가 아닐 것 같아서
계속해서 진짜인지 아닌지 검증해보려는 애씀이었던 것 같다.

진짜란 도대체 뭘까?

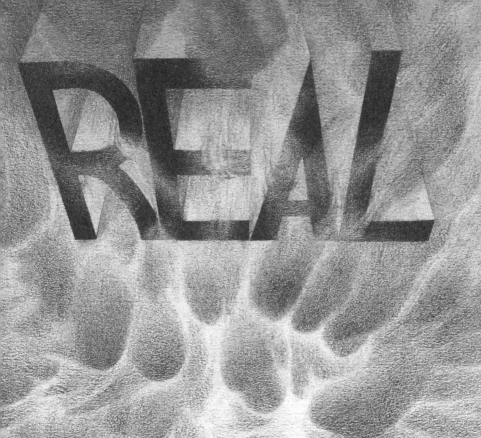

REAL

생각의 구름에 가려진 진짜

ALL IS REAL

이 세상은 원래
다(전부) 진짜다

일부러 가짜를 만들어내지 않는 이상

"진짜가 도대체 뭘까?"

진짜란 본뜨거나 거짓으로 만들어낸 것이 아닌 참된 것이다.
상상으로 존재하는 가상이 아닌 사실(fact)로 존재하는 현실이다.
왜곡이나 은폐나 착오를 모두 배제했을 때 밝혀지는 바다.
가짜가 판치는 이 세상에서 진짜란 왠지 어렵게 찾아질 것만 같지만
사실 이 세상 모든 것은 다 진짜다.
진짜로 위장해 나를 혼란 속으로 몰아넣는 것들은
이 세상에 존재하지 않고 상상으로만 존재하는 것들이다.

진짜는 이미 여기에 있다.

진짜란 만들어내는[+] 것이 아니라 걷어내야[-] 찾을 수 있다.

사실 모든 것이 사실이다.

사실에 근거해 세계를 바라보고 이해하는 태도와 관점으로
우리는 거짓을 이길 수 있지만,
팩트이든 픽션이든 그 어떤 정보에도 휘둘리지 않고
명료한 상태 속에 머물 수만 있다면
나는 사실을 꼭 필요로 하지 않는다.

사실은 진실의 한 부분이다.

비록 99%가 사실일지라도,
1%의 거짓이나 허구가 포함된다면 그것은 진실이 아니다.

극단을 오가는 감정은 진짜가 아니다.

쾌락과 고통이라는 극단을 오가며 이원성의 법칙에 따르는 감정은
나를 무의식의 환영 속에 빠트리는 욕망의 연료다.
고통의 반대편에 있는 쾌락은 가짜 기쁨이며 증오의 반대편에 있는
집착은 가짜 사랑이다.

진정한 사랑은 집착하지 않으며 진정한 기쁨 또한
쉽사리 고통으로 변하지 않는다. 진짜 기쁨과 진짜 사랑은 그저
있는 그대로를 품에 안을 수 있는 자연스럽고 평온한 상태다.

진짜 기쁨과 사랑은 조건 없이 열린 마음이다.

"대체로 진실에는 두 가지 면이 있다.
따라서 우리들은 어느 한쪽에 치우치기 전에
먼저 그 양면을 잘 살펴보아야 한다."

–이솝–

감정은 욕망의 연료다.

가짜?!

?

내 기억이 아내의 기억과 다를 때가 참 많다.

너무 많다.

누가 진짜를 말하는 걸까?

물론! 당연히! 나다!

그렇다면 아내는 거짓말을 하고 있는 걸까?

아니면 벌써 치매가?

아닐 거다.

둘이 기억하고 있는 게 다를 뿐이다.

해석을 달리 했든, 둘 다 틀렸든….

아니면 둘 다 맞을 수도 있다.

우리는 답답한 나머지 그저 한숨을 내쉴 뿐이다.

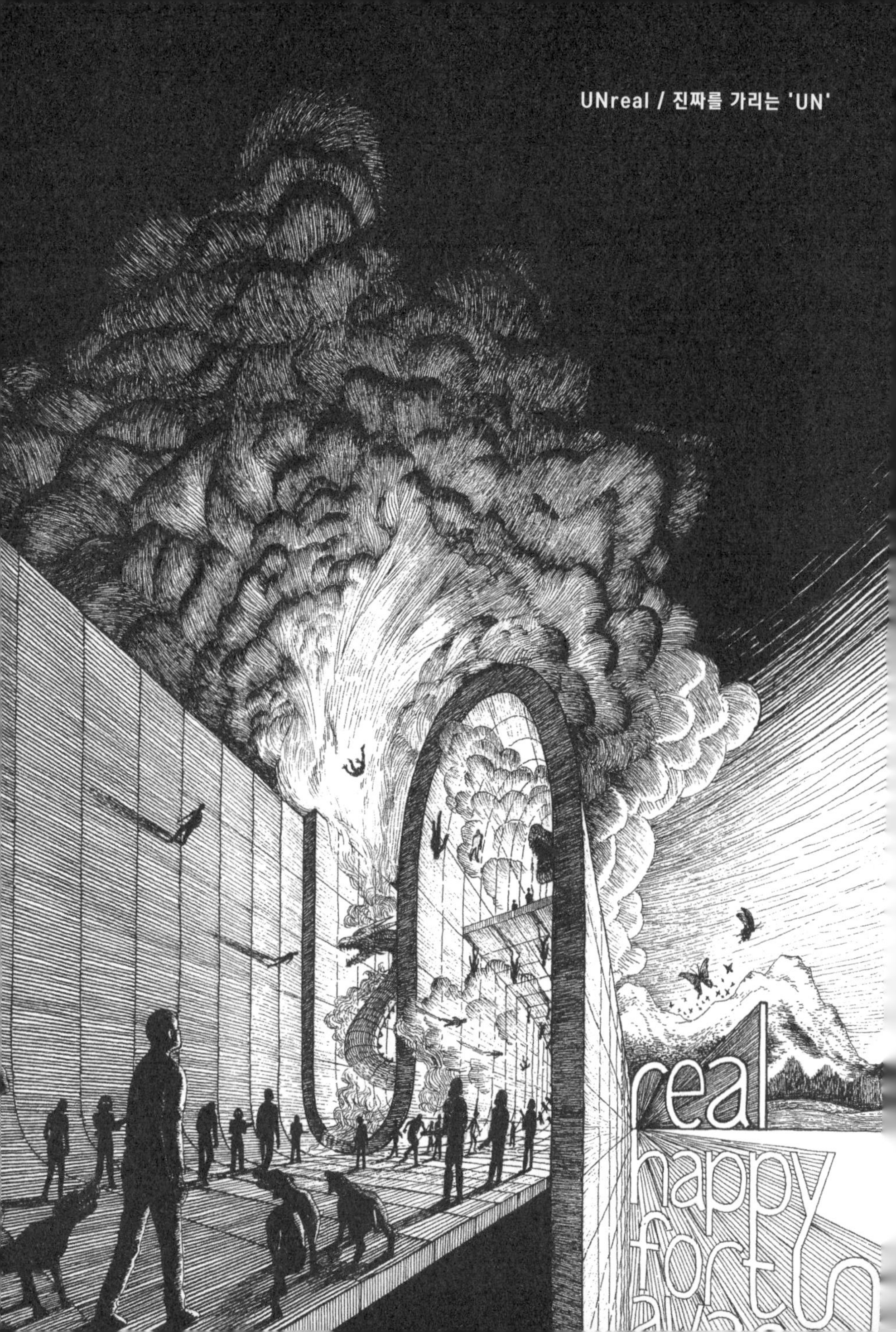
UNreal / 진짜를 가리는 'UN'
real
happy

가짜

1. 사실이 아닌 것
2. 거짓인 것(사실처럼 꾸민 것)
3. 은폐된 것(덮거나 가리어 감추거나 숨김)
4. 착오, 착각(의도되지 않은 실수, 모름, 오해, 무지)
5. 왜곡된 것(과장되고 증폭됨, 기름 붓기)

가짜란 명백히 사실이 아닌 것이거나 사실처럼 꾸민 것
혹은 의도적으로 은폐된 것이나 의도되지 않은 착각이다.
원래는 진짜였던 것이 왜곡되어 가짜가 되는 경우도 많다.
왜곡이란 있는 그대로 보지 않고 경험한 내용을 어떤 식으로든 다른
의미로 변형시키거나
혹은 정확하지 않게 지각해 경험하는 것이다.
습관적으로 자신의 생각과 감정에 기름을 붓거나 지어내며
꼬리 물기를 계속해 멈추지 못하고 증폭되는 경우가 그렇다.

내가 가짜에 속는 이유는
대개 무지나 오해로 인해 무의식에 휘둘리기 때문이다.

진짜

1. 사실인 것
2. 거짓이 아닌 것
3. 숨길 게 하나도 없이 당당한 것
4. 앎, 이해
5. 왜곡되지 않은 있는 그대로의 것

진짜는 그냥 있는 그대로의 '모든 것'이다.
모든 것이(everything) 진짜이면
모든 것이 아닌 것은 아무것도 아닌 것(nothing)이다.

모든 것은 진짜이거나
혹은 아무것도 아니다.

가짜 기억

기억은 믿을 만하지 못하다

기억은 식품처럼 세월이 지나면 오염되고 부패해 원형이 제대로 남지 않는다. 나의 기억은 결코 '진실'의 근거가 될 수 없다. 생각의 초점이 어디에 맞춰져 있는지, 어떠한 방식으로 감정이 간섭하는지에 따라 기억은 변하기 때문이다. 기억을 근거로 하는 진실 게임은 시간 낭비일 뿐이다. 기억은 나에게 유리하게 재구성되기 때문이다.

나와 관련된 기억은 대부분 나에게 유리하게 재구성되기 쉽다.
뇌한테는 정말 그 일이 일어났는지가 중요한 게 아니라
나를 위해 어떤 일이 일어났어야 좋은 건지가 중요하다.
어떤 기억이 어떻게 왜곡되었는지 하나하나 따지는 것보다는
기억을 그냥 신뢰하지 않는 편이 훨씬 쉬울 것 같다.

현실이란 현재 실제로 주어진 상황이나 상태다.
진짜 현실은 객관적 실재가 맞지만 각자가 처해있는 상황과 해석이 다르기 때문에 우리는 주관적 지각에 의해 상대적인 현실 속에 살고 있다. 주관적 해석이 최소화될수록 우리가 진짜 현실을 경험할 가능성이 커진다.

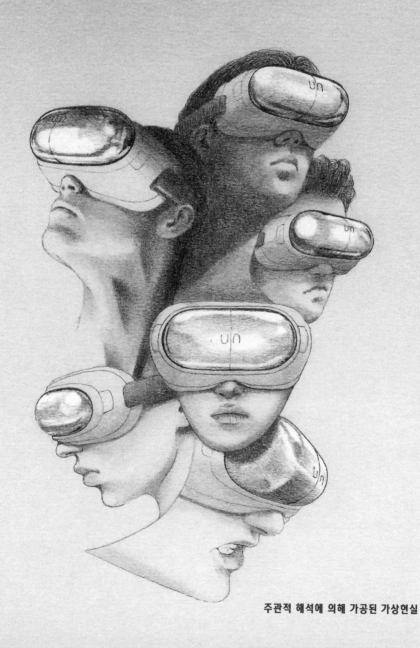

주관적 해석에 의해 가공된 가상현실

확증편향(confirmation bias)

: 생각하고 있는 대로 생각하고 믿고 싶은 대로 믿고 보고자 하는 대로 보는 것.

원하는 정보만 받아들이고 자신의 생각과 반대되는 정보는 거부하거나 무시하는 행위. 평생 세상을 바라보는 관점에 영향을 줌. 의식적으로 그리고 열린 마음으로 다양한 가능성을 인정하지 않는 한 쉽게 확증편향에 빠질 수 있음.

확 증 편 향

UNreal /
생각에 빠지고 생각에 갇히다.

"우리의 뇌는 외부세계의 정보를 받아들인 뒤
이를 나의 기억과 상상력을 동원해 편집하는 과정을 거쳐
적절한 대응을 한다."

– 마커스 레이클 (워싱턴대학교 의과대학 교수) –

우리의 과거 기억은
우리 스스로를 정당화하기 위해서
철저히 자기중심적으로 왜곡되어
창조적으로 편집된다.

Confirmation Bias

REAL WORLD

가짜는 개념이다

개념 없이 살자

어린 아이에게 "이게 무지개야"라고 가르쳐주는 순간부터
그 아이는 다시는 무지개를 보지 못한다.
무지개에 대한 정의와 개념이 무지개의 진짜 아름다움을 캐내 자세
히 들여다보려는 아이의 호기심을 가려버리기 때문이다.
세상을 글로 배운 사람은 이 세상을 실제로 보고 있는 것이 아니라
세상에 대한 개념을 보고 있는 것이다. '가짜'는 생각이나 개념으로만
존재한다.

개념과 이념의 부재 속에서 진짜를 볼 수 있다.

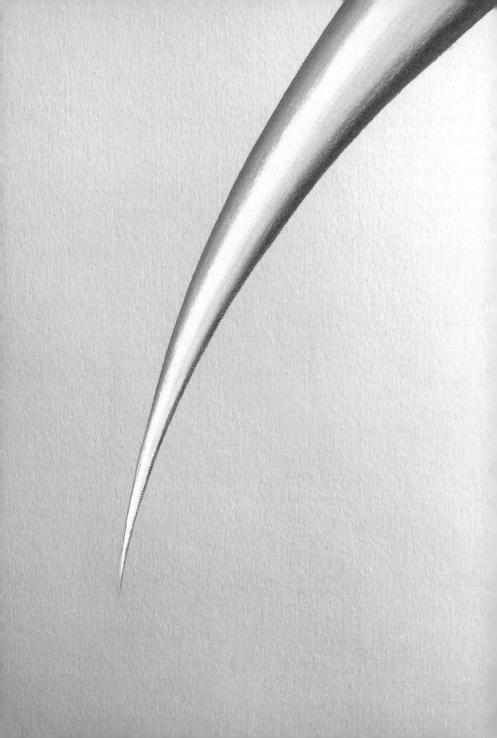

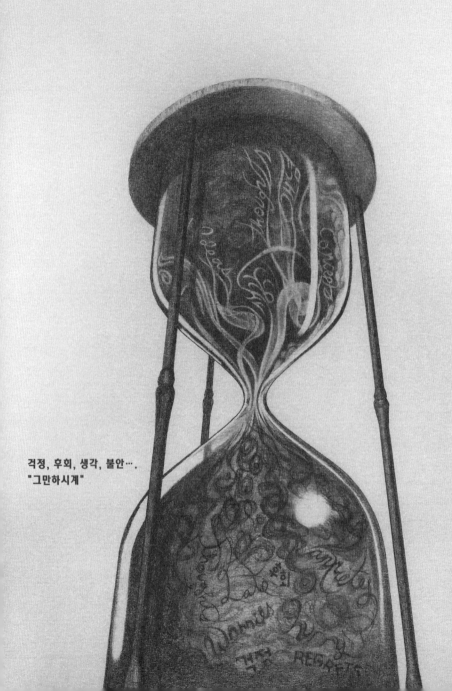

걱정, 후회, 생각, 불안….
"그만하시계"

시간

타임머신을 꿈꾸다

어려운 상황이 닥쳤을 때
나는 빨리 이 시간들이 지나가 다음 시간이 되어 있기를 바란다.

지금으로부터 한참 뒤,
나중으로 타임머신을 타고 가버리고 싶어 한다.

지금에서 눈을 돌려 한참 뒤, 나중을 상상한다.
다음, 내일, 어른, 졸업, 전역, 안정….
어쩔 때는 좋았던 날로 돌아가서 머물고 싶어한다.

하지만 나는 그때로 돌아갈 수도 없고
그때에 머물 수도 없으며
나중으로 갈 수도 없다.

그럴 수 없는 걸 아는데도 난 도대체 왜 계속 이러는 걸까….

시간은 없다

시간도 마음이 만들어낸 개념일 뿐이다

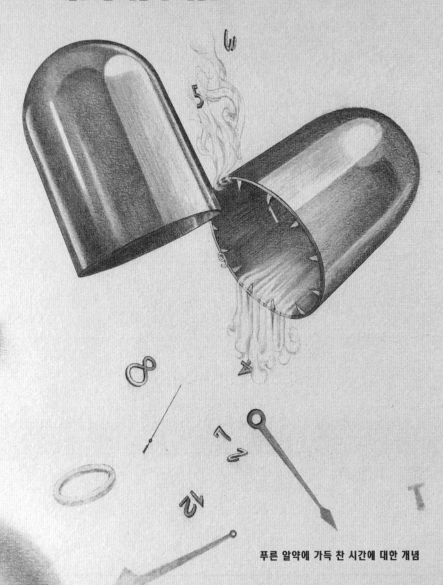

푸른 알약에 가득 찬 시간에 대한 개념

시간과 공간은 내가 세상을 인식하는 도구이며 틀이다. 시간이란 상대적 세상에서 측정을 위해 필요한 도구적 개념일 뿐이다. 시간이 직선적으로 흘러가는 것처럼 인식하기 때문에 내가 시간의 개념을 갖게 된 것이다. 하지만 자연의 세계에서는 시간이라는 현상이 없다.

나는 모든 것을 알아차리고 있는 의식이며 의식은 영원 속에서만 존재할 수 있다.

영원이란 끝없는 시간을 의미하는 것이 아니라
'시간의 없음'을 의미하는 것이다.

시간 속에 행복과 자유는 없다.

시간과 마음은 불가분의 관계에 있다. 과거는 정체성을 선물하고, 미래는 행복과 자유 그리고 성취를 약속하기 때문이다.

모든 고통의 원인은 시간이다.

시간에 묶여 있는 마음속에 자유는 없다.

나는 결코 미래에서 자유로울 수 없다.

미래에서는 아무 일도 일어날 수 없고

무슨 일이든 오직 지금에만 일어날 수 있다.

대부분의 사람은 이것을 얻고 저런 것에서 자유로워질 때, 그때가 되면 나는 만족할 것이라며 무의식적으로 미래의 어딘가에 있을 천국을 만들어낸다.

진정한 행복은 평정심이 가득한 존재 그 자체이며 지금 이 순간, 모든 느낌, 모든 감각 그리고 과거와 미래에 대한 생각과 감정으로부터 자유로울 때에 있다. **행복과 자유를 방해하는 가장 큰 장애물은 시간이라는 허상이다.**

오직 지금만이 진짜다.

SOMEDAY... NE DAY... 언젠가는...

TIME

'i', me, 신기루

찰나와 같은 지금의 크기는 매우 작다고 할 수도 있지만
측정할 수 없을 만큼 크다고 할 수도 있다.
실재하는 것은 지금밖에 없기 때문에 지금이 모든 것이고
'모든 것'은 '크다'는 개념을 뛰어넘는다.

지금 이 순간에 경계는 의미가 없다.
지금만이 진짜다.
지금을 보고(look), 지금을 알자(know).

look and know the now.

"과거와 현재와 미래의 구분은 끈질기고
집요한 착각에 불과하다."

- 아인슈타인 -

"과거는 이제 더 이상 없고, 미래는 아직 존재하지 않는다. 이 둘
사이에 현재가 있다. 그 순간은 매우 짧다. 마치 원자와 같다. 그대
는 그것을 나눌 수 없다. 그것은 나눌 수 있는 것이 아니다. 욕망과
꿈이 그곳에 들어오는 순간 그대는 그것을 놓쳐버린다. 욕망에 의
해 만들어진 이 공간을 그대는 시간이라고 부른다. 나무는 꿈꾸지
않고 생각하지 않고 욕망하지 않는다. 꽃피우기를 갈망하지 않는
다. 꽃은 자동적으로 피어날 뿐이며, 꽃들이 피어나는 것은 나무가
가진 본성의 한 부분이다. 나무는 어떤 것도 바라지 않는다."

- 오쇼 라즈니시 -

과거는 없다

지나가버린 현실

then: 그때

과거는 없다.
그때는 있었지만 지금은 더 이상 없다.
나에게 과거가 있었다는 증거는 흔적이다(기억, 기록 등).
그러나 흔적을 통해 과거를 '아는 것'은
이 흔적을 보고 있는 '현재의 나'다.
경험과 기억들과 시간이 지나 변해버린 기억들로 만들어진
'과거의 안경' 그것을 통해 보는 그 세상은 결코 지금이 아니다.

후회와 두려움을 내려놓고 진짜 세상을 바라볼 용기를 갖자.

가짜 희망

진짜 희망

희망이란 앞일에 대하여 좋은 결과를 기대하거나 어떤 일을 이루기를 바라는 것 혹은 앞으로 잘될 수 있는 가능성을 뜻하는 말이다.

앞일은 아무도 알 수(확신할 수) 없는 미지의 세계다.

그러한 미래에 자신이 원하는 결과가 꼭 있기를 바라고 반드시 잘될 거라고 굳게 믿는 것은 오히려 광기에 가깝다.

사람들은 희망이라는 달콤한 용어를 빌어 욕망한다.

희망은 우리를 지탱해주기도 하지만 또한 나로 하여금 미래에 집중하도록 만든다. 가짜 희망은 내가 원하는 미래를 기다리는 일방적인 믿음이다.

실재하지 않는 추상적인 미래에 대한 생각과 목표에만 치중하는 기다림의 연속으로 나는 실재하는 현재를 잃어버린다. 기다림이란 지금과 미래의 무의식적인 갈등이다.

'진짜 희망'은 앞으로 무슨 일이 오든 당당하게 마주할 수 있다는 자신감과 확실하지 않기에 흥미롭게 펼쳐질 미래를 향해 용기 있게 열린 마음이다.

시각

슈퍼파워

eye see

나는 남들과 같은 걸 봐도 같은 걸 보지 않는다.
그것은 내 눈썰미가 대단하고 독특해서라고 생각했다.
나름 내 눈이 높다거나 까다롭다거나 우월하다고 착각했다.
그래서 남들과 다른 뭔가를 보는
특별한 슈퍼파워가 있다고 생각했다.
뭐 눈엔 뭐만 보인다고 하던데….

그럼 나는 '흠'인가? '문제'인가?
흠만 보이잖아!
이것은 슈퍼파워일 리가 없다.
저주인가…?

진짜 슈퍼파워는
모든 것을 그냥 있는 그대로 볼 수 있는 능력이지 않을까?

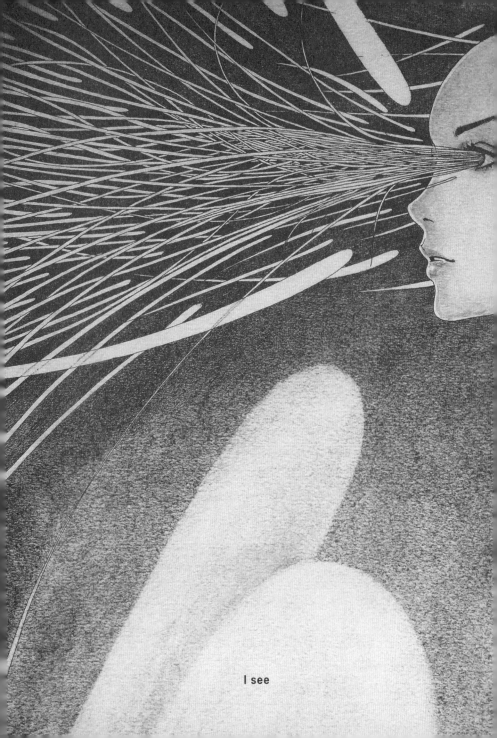

I see

보는 것을 믿는다

백문이 불여일견

   '본다'는 것은 일련의 물리적인 과정이다. 이미지로 발견하는 과정이다. 시각은 인간이 습득하는 정보의 80%를 담당한다. 때문에 우리는 눈으로 들어오는 것을 전적으로 믿는다. 보는 것은 곧 믿는 것이다. 우리는 다른 어떤 감각보다도 눈을 신뢰한다. 몸이 천냥이면 눈은 구백 냥이라는 말도 있다. 그래서 언제나 '내 눈으로 똑똑히 확인'해야만 믿나 보다.

우리는 모든 것을 보지는 못한다.

시각은 정지된 조작이 아니다. 눈은 계속 움직이며 이미지의 가장 유익한 부분에 순차적으로 고정된다. 눈은 특징을 아주 짧은 순간에 보며 이 지점에서 또 다른 지점으로 초점을 쉴 새 없이 옮긴다.

한 번에 모두 보고 있는 것 같은 생각일 뿐 사실 눈은 짧게 보고 또 보고를 반복한다. 그렇게 짧게 보고 또 보는 사이에는 우리가 놓치는 세상이 존재한다.

그래서 우리는 모든 것을 볼 수는 없다.

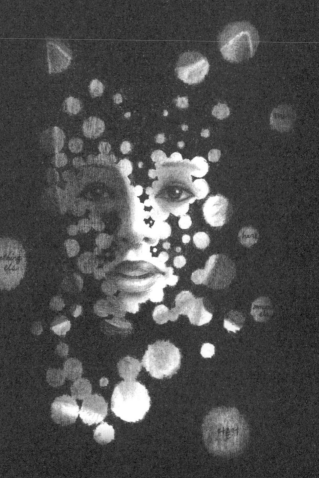

보고또보고

눈이 이렇게나 정신없이 움직이니까.
그래서 정신이 없으니까….
그래서 우리는 딱 내가 보고 싶은 것만 보나 보다.

눈을 감는다고 세상이 없어지는 건 아니지만 육감이 작동하지 않으면 세계도 인지되지 않는다.

이해하고 인지할 수 있는 것들만을 볼 수 있는 인간이니 안타까운 일이 아닐 수 없다.

뭔가를 볼 때 어떤 쾌감을 주는 보상을 빨리 얻지 못하면 기다리지 못하고 시선을 다른 곳으로 돌린다.

끝내주는 것을 본 경험이 많아서 그런지 웬만한 것에는 좀처럼 감동하지 않는다. 시시한 걸 볼 바에는 차라리 상상하는 것을 선호한다.

매우 좋거나 매우 나쁜 간극 사이에 있는 일상적인 것은 나의 시각적 인지에서 쉽게 사라지곤 했다.

우리는 충분히 아름다운 현재가 삭제되는 비극을 매일 겪고 있다.

가짜를 알아보면 진짜가 보인다.

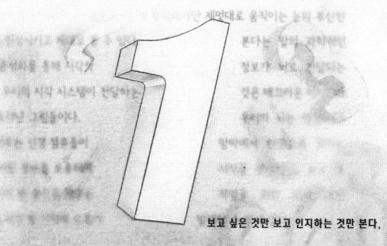

보고 싶은 것만 보고 인지하는 것만 본다.

사람은 눈으로 볼 수 있는 것뿐 아니라 생각과 감정처럼 자신이 이해하는 모든 것에 형태를 부여함으로써 그것이 고정된 실체로서 존재한다는 믿음을 갖게 되었다. 마음에서만 일어났다 사라지는 현상뿐인 것에도 견고한 형태를 입히는 것이다.

이 견고함이 허상일 뿐이라는 것을 알아차릴 수 있다면….
이 추상적인 존재들과 나를 동일시하지 않을 수 있다면….
그 착각의 강물에서 빠져나올 수 있다면….
그 감정과 생각들을 강물과 구름처럼 그저 흘러가도록
놔둘 수 있다면….
내가 가짜를 보고 있는 것을 알 수 있다면….

그때 우리는 진짜를 볼 수 있을 것이다.
가짜를 알아보면 진짜가 보인다.

그것은 보고 있지 않음을 아는 것이다.

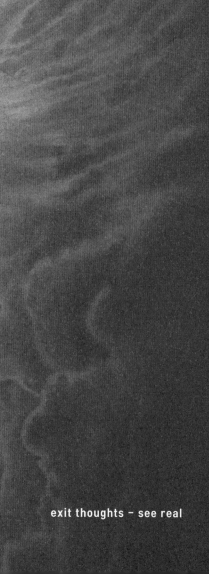

exit thoughts – see real

VR고글을 벗고 – see real

지금 여기 있는 것이 중요하다.

그것은 내가 여기 있음을 느낄 수 있도록, 즉 내가 지금 여기 있는 걸 알 수 있도록 돕는다.

습관적, 무의식적 '봄'이 아닌 있는 그대로의 세상을 객관적으로 보고 지금 여기 '있음'을 알아차리고 있는 것이다.

내가 보고 있음을 아는 것만큼 내가 보고 있지 않음을 아는 것도 중요하다. 무주의 맹시와 같은 가짜 눈이 아닌 진짜 눈(Real eyes)을 통해 진짜 좋은 이 세상을 알아차리는(Realize) 것이 진짜 봄이다.

진짜 발견은 새로운 땅을 찾는 게 아니라
새로운 눈으로 세상을 보는 것이다.

-마르셀 프루스트-

자아

정체성

나는 좋은 사람이라는 정체성이 무너지려고 했을 때 나는 정말 힘들었다.

좋은 아들, 좋은 남편, 좋은 디자이너여야 하는데, 그렇다고 믿었는데, 그게 '나'였는데…. 그게 더 이상 아니라고 믿는 것은 마치 내가 죽는 것과 같이 느껴진다.

"아니야. 그렇지 않아"라고 계속해서 부정하는 몸부림 역시 힘들었다. 그런데 내가 늘 그런 존재일 수는 없음을 인정하는 순간부터 나의 정체성 없음을 받아들인 다음부터 마음이 오히려 편해졌다.

어제의 내 모습은 어제의 나였고
오늘의 나도 지금의 나다.
내일은 어떨지 나도 모른다.
누구나 다 그렇다.

"ⓘ"

나(i)라고 하는 헛된 정체성

나는 누구인가?

내가 존재하는 것이 아니라 존재가 나다

"나는 누구인가?"

"나는 나지", "나는 오 아무개인데?", "나는 착한 사람이다"

나, 회사원, 아들, 어떤 사람 등은 직업과 역할이거나 평가일 뿐이지 결코 나의 정체성이 될 수 없다.

나는 나의 이름인가?

나의 몸인가?

나에 대한 남들의 평가인가?

혹은 어떤 감각이나 감정인가?

나는 내 이름도 아니고, 몸, 감각이나 감정, 생각이나 관념도 아니다.

그것들은 내가 소유하거나 잃을 수 있는 대상일 뿐,

진정한 나 자신은 아니다.

나의 정체성도 끝없이 흘러가고 있을 뿐이다.

'내가' 존재하는 것이 아니라

'존재'가 나다.

그리고 존재는 모든 것이다.

"난 저런 게 싫어"
"나한테 왜 이래?"
"난 너무 슬퍼"
"나는 그걸 원해"

나는 늘 자기중심적이라서 거의 모든 생각의 주어가 나다.
모든 일에 '나'를 빼면 어떻게 될까?
'나'라는 주어만 빼도 꽤 많은 일이 괜찮고 좋은데….
모든 게 그저 자연스러워질 텐데 말이다.
그럴 수 있다면 누가 뭘 하든 무슨 일이 일어나든,
그건 그냥 발생되는 현상의 일부분일 뿐임을 받아들일 수 있을 거다.
모든 것의 나타남과 사라짐은 그저 자연스러운 현상일 거다.

그래, 사물의 참모습을 관찰하자.
내가 없으면 문제도 없다.

자아란 경험의 주체로서의 확고한 '나'의 개념이다.
  평온한 상태에서는 딱히 자아의 존재를 느끼지 않다가도, 잡생각을
하면서 '나'를 규정해왔던 기억들이 자아와 함께 재조립된다. 자아는
일종의 정신적 패턴에 불과하다.
  우리는 그 어떤 만들어진 자아보다도 훨씬 고귀하고 놀라운 존재다.
의식은 자아를 필요로 하지 않는다.

생각으로 어지럽지 않고 평온한 의식의 상태에서는 '나'라는 경험의 주체 없이 그저 '있을' 뿐이다. 경험은 누구에게 속한 것이 아니다.

경험의 당사자가 따로 있다고 믿기에 '나'라는 자아 관념이 만들어진다. 자아란 하나의 현상으로서 작용하지만 객관적이고 독립적인 실체가 아니다.

"장자가 강에서 홀로 나룻배를 타고 명상에 잠겨 있었는데,
갑자기 어떤 배가 그의 배에 부딪쳤다.
화가 난 장자는 그 배를 향해 소리쳤지만
그 배는 비어 있었다. 순간 장자는 부끄러움을 느꼈다.
세상에 모든 일은 그 배 안에 누군가가 있기 때문에 일어난다."

-장자의 '빈 배'-

분절이 자의식을 만든다

언어의 분절하는 특성과 자의식의 관계

사람의 언어는 **이것과 저것을 구분한다.**

저녁과 밤의 경계는 본래 연속적인 흐름으로 존재하지만,

저녁을 저녁이라 부르고 밤을 밤이라 이름 붙임으로써

그 둘을 분절된 것으로 인식한다.

이러한 분절된 인식을 획득함으로써 내가 얻게 되는 것이 바로

'자의식'이다.

나와 세상을 구분하고, 나와 그를 구분할 수 있게 되는 것이다.

언어의 특성에 의해 자신과 세상을 구분하는 개인주의적인 자아를

획득하게 된 것이 사람을 외롭게 만들었을 것이다.

엄마 뱃속에서 아기는 엄마와 하나다.

아기는 점차 커가면서 여기까지가 나이고 저기부터는 엄마라는 사실을 알게 되고 좀 더 자라나 언어를 배운 후 그 앎은 더욱 명확해진다.

이렇게 모든 것이 따로 존재하고 있다고 믿기 시작한다.

정체성 : 나를 지키기 위한 경계

문제는 지나친 경계 짓기다.

경계는 유연하게 설계되어야 한다.

우리의 정체성은 늘 변한다.

어제의 나는 오늘의 나와 같지 않다.

하지만 무의식은 그 사실을 받아들이려고 하지 않는다.

자신이 죽을 것이라는 두려움 때문에 낡은 정체성을 잃어버리는 것을 강하게 저항한다. 익숙해진 자신을 잃어버리는 미지의 모험을 하기보다 차라리 고통 속에 있으려 한다. 이것은 정체성이라는 개념적 목숨을 지키려는 가짜 생존본능이다.

인간은 '내가 아는 것이 곧 나'라는 정체성을 쉽게 포기하지 못한다.

하지만 세상은 늘 변하고 예전의 상식과 윤리는 오늘날에 맞지 않다. 옳고 그름을 가르는 기준이 불과 수년 만에 뒤바뀌기도 한다.

아는 것은 늘 업데이트돼야 한다. 오래된 정체성은 과감하게 버려야 한다. 낡은 앎은 새로운 앎을 통해서만 깨어질 수 있다. 새로운 앎은 지금 자신에게 접속된 것들을 알아차리는 것이다.

즉, 앎이란 기억하는 것이 아니라 지금 경험하는 것이고 지금에만 존재할 수 있는 것이며 자신의 정체성 역시 현재 진행형인 현상일 뿐이다

정체성은 늘 변한다.

그렇기에 정체성을 찾아가는 과정에 가치를 둬야 한다.

'i'
바다에 일렁이며 비치는 움직이는 달

나는 어떤 사람이라는 결론을 꼭 찾아야만 한다는 믿음은 또 다른 강박과 혼란만을 가져왔다. 오히려 정체성을 찾는 과정에 가치를 두어야 했다. 사실 정체성 확립을 반드시 갖춰야만 했던 것도 아니었다. 오히려 자아성립을 통해 나와 남을 구분 짓고 그 벽을 견고하고 높게 쌓아 배타적인 사람을 만들 수 있기에….

정체성은 내 생활에 불편이 없을 정도로 적당하면 그만인 것이었다. 오히려 나를 활짝 열고 세상을 경험하면 할수록 세상은 다채롭고 아름다웠기 때문이다.

정체성과 자아를 부정할 필요는 없지만 내 정체성이 단일하고 변하지 않는 절대적인 존재라고 믿는다면 이 아름다운 세상을 제대로 경험할 수 없다. '나'는 늘 변화하며 흐르고 있다.

내가 어제 그랬을지는 몰라도,
오늘은 그렇지 않다.
그것은 그도 마찬가지다.

6장

진짜
좋은
거

있는 그대로 모두

완벽을 위해 문제점을 찾는다?

내가 경험한 이 사회는 있는 그대로를 인정하지 않는 사회였다.

나도 마찬가지였다.

나는 그 어떤 것도 있는 그대로를 소중하게 여기지 못했다.

있는 그대로는 완벽하지 않다고 생각하고

더 좋아지기 위해서, 완벽해지기 위해서

필요한 것들을 어떻게 해서든 찾아내고야 만다.

그러기 위해서 문제점을 찾게 된다(Problem-Seeking).

문제점을 찾아내어 무언가를 완벽하게 만들려는 노력은

직업적으로 매우 필요한 과정이기는 하다.

그렇지만 그런 노력 때문에 나는

있는 그대로가 만족스럽지 못했다.

나도, 너도…, 모든 것이 좀 더 나아져야만 한다고 생각했다.

피곤한 사람이(었)다, 나는.

모든 것
다
전체

삶은 희극일 때도 비극일 때도 있다.
가슴이 찢어질 듯 슬픈 내용도 있고
매우 즐거운 부분도 있고
따분한 이야기도 꽤 많다.

그게 삶이다.

모든 것이 다
포함된 것이
진짜다

극단적 사고

극단은 실상을 왜곡시킨다

선택의 연속인 삶.

그 안에서 정보를 이해하는 우리에게 '비교와 이분법적 사고'는 절대적이다. 그렇지만 이 골치 아픈 세상은 둘로 분류될 만큼 단순하지 않다. 우리는 모든 것을 '나'와 '그들'로 나눠 분리된 삶을 산다.

옳고 그름, 쾌락과 고통, 좋고 싫음, 가짐과 못 가짐, 성공과 실패…,

이렇게 이분법적 관점으로 모든 경험을 제한된 느낌 속에 가두어버린다. 거기다 극단적 사고를 더한다.

균형을 잃고 한쪽으로 크게 치우쳐 바라보는 것, 극과 극만을 오가는 관점 말이다. 그러나 극단은 '극히' 일부일 뿐이다.

우리 사이가 좋다는 말은,

나와 그 친구 사이에 무한한 가능성이 존재한다는 것을 알고 있음을 의미한다.

1과 100 vs 1과 100 사이의 ∞

그와 나에 대한 일부 사실에만 집착하면 우리 사이의 가능성을 발견할 수 없다. 이것보다 저것이 더 좋다거나 덜 좋다는 생각은 우리에게 제한적인 경험만을 허락하는 차별적이고 계산적인 분별이다. 이런 상대적이고 이분적인 구분이 모든 불만족의 원인이 된다.

모든 것에는 다양한 종류의 '좋음'이 있을 뿐이다.

이건 이래서 좋고, 저건 저래서 좋은 것이다.

사과는 이런 게 좋고 배는 저런 게 좋은 것이며,

화창해서 좋은 날씨도 있고 비가 와서 좋은 날씨도 있다.

빨라서 좋은 것도 있지만, 느려서 좋은 것도 있다.

모든 것을 비교해서 우열평가를 하고 모든 것에 최종점수를 매기거나 확정적인 이름표를 붙이려 하지 말고 다양한 특성을 보도록 하자.

그렇지 않으면 언제나 우열을 가리고 편협적이며 계산적인 관계만을 하게 될 것이다. 삶은 이런 것이기도 하고 저런 것이기도 한 것이고 뭐라고 표현하기가 딱히 쉽지 않은 것이고 그래서 참 거시기한 것이다.

이 세상은 그깟 언어로 표현할 수 없을 만큼 놀랍고 다채롭다.

나도 그렇고
그도 그렇다

욕망 없이 떨어지고 흐르는 자연

'자연'스럽게

세상은 내 뜻대로 움직여주지 않는다

自然 : 스스로 그러하다.

자연은 억지의 힘이 더해지지 않고 세상에 스스로 존재하거나 이뤄지는 모든 존재나 상태를 일컫는다. 자연의 일부인 우리도 자연이다. 고로 그래서 우리는 자연스러워야만 한다. 자연스럽다는 것은 자연을 닮고자 하는 노력, 아니 자연이 되고자 하는 노력이다.

독일어로 자연은 Natur이다.

그 어미에(접미사) -lich를 붙이면 natürlich라는 형용사가 되는데 이 단어는 자연스럽다는 표현보다 당연하다는 의미로 주로 쓰인다.

자연스러운 게 당연하기 때문에 그런 게 아닐까?

죽어야 하는 세포가 죽지 않으면 암세포가 된다고 한다.

이 세포들은 어떻게든 죽지 않고 버티려고 한다.

우리도 다르지 않다.

자신의 존재가 소멸될지 모른다는 불안은 모든 고통의 원인이다.

그리고 존재에 대한 이해 부족이다.

사람은 한번 태어나고 한번 죽는다고 믿지만 사실 셀 수 없이 많이 죽고 다시 태어난다.

사람의 몸을 구성하는 원자는 아원자의 결합으로 이루어져 있는데 아원자는 끊임없이 생성과 소멸을 반복하고 있다.

과거의 나는 죽어 사라지고 매 순간 새로운 내가 다시 태어난다.

이러한 사실을 받아들이지 못하기 때문에 오래된 나의 정체성, 자신의 믿음들을 놓지 못한다. 죽음을 받아들이지 못하는 우리는 자존심과 고집이 세고 사과할 줄 모르며 집착한다.

위대한 혁신들은 지난 개념들을 버린 후에 찾아온다.

매일, 매 순간 죽을 수 있어야 진정으로 살 수 있다.

죽음을 받아들이고 낡은 내가 죽을 수 있게 도와야 한다.

있는 그대로의 인식

있는 그대로를 보는 연습

누군가가 큰 목소리로 전화통화를 할 때 우리는 바로 반응한다.
"아 시끄럽네", "공공장소에서 어쩜…", "참 개념이 없군"

그 어떤 판단도 없이 그저 순수하게 소리 자체로만 인지할 수 없을
까? 그 소리 하나와 그 외의 모든 소리와 주변의 모든 것을(사람, 공간,
상황) 인식 안에 포함시키는 연습을 해보자.

어떤 대상이 그저 수많은 현상들의 극히 일부일 뿐이라는 것을
이해할 때까지….

본질에 집중하라

삶이 재미없던 이유

"내가 하고 있는 게 도대체 뭔데?"
"도대체 왜 이걸 하고 있는데?"
난 이 두 가지 질문에 답을 제대로 하지 않은 채
많은 일을 해왔다.
중요한 게 뭔데?

나는 진작에 이 질문을 했었어야만 했다.
그렇지 않았기 때문에 '뻘 짓'을 하게 된 경험이 너무 많다.
사소한 일부터 중대한 일까지….
매번 그랬다.

칭찬을 받거나 혼나지 않기 위해 공부했다.
숙제이기 때문에, 독후감을 쓰기 위해서 책을 읽었다.
'그냥' 책을 읽었다면 참 재미있게 읽었을 텐데….
그냥 알고 싶어서 공부했다면 참 좋았을 텐데….

난 성적을 위해, 졸업을 위해, 취업을 위해, 성공을 위해 공부했다.
그러니 재미가 없었지.

쉬려고 드라이브를 하려는 거였는데 어느덧 경주를 하고 있고
소통을 하려는 거였는데 어느새 연설을 하고 있다.
배우려는 거였는데 결국은 경쟁을 하고 있는 나를 발견한다.

본질이란 근본적인 성질, 본바탕을 의미한다.
본질은 그것 그 자체이며 가장 중요한 것이다.
그럼에도 이 세상은 본질보다는 최상의 결과를 얻기 위한 방법론으로 가득하다. 결과와 방법도 모두 중요하지만, 도대체 그것은 무엇이고, 왜 그런가에 대한 본질적인 앎이 무엇보다 중요하다.

'대화를 어떻게 해야 하는가?' 혹은 '대화의 기술'을 연습하기 전에
'대화란 무엇이고 나는 왜 대화하는가?'에 대한 이해가 먼저 필요하다. 이 대화는 나의 위대함을 알리고자 하는 연설이 결코 아니며, 이기고 지는 것이 중요한 법정에서의 논쟁이 아니라는 것을 안다면, 그리고 대화란 서로에 대해 더 잘 알고 이해하기 위해 함께하는 것임을 이해한다면, 대화의 본질이 '진심으로 연결하는 것'임을 알 것이다.
그러면 진심으로 듣기 위해 다가가 귀를 열 수 있을 것이다. 무엇이 가장 중요한지 자주 물어보자. 여행의 본질은 즐거운 여정과 경험이지 최종 목적지에 깃발을 꽂는 것이 아니다.
삶의 본질은 최종 목표를 달성할 그 언젠가에 있는 성공의 축배가 아니라 우리에게 주어진 지금 이 순간의 온전한 경험이다.

ing

실패를 거듭해도 좌절하지 않기 위한 방법은 행동의 본질과 목적에 대한 이해 그리고 도전 과제의 세분화다.

지금 하고 있는(하찮아 보이는) 이것도 전체를 위해서는 매우 소중한 과정이라는 사실을 이해한다면 부담은 내려놓고 최선은 다할 수 있다. 경험과 지혜가 늘어나는 것, 즉 배움과 성장이 목적이라면 모든 것이 자신에게 필요한 과정일 뿐이다. 실패마저도 성장을 가능케 하는 소중한 영양분일 뿐이다.

목적은 Mission Clear, 최고 혹은 성공이 아니라 성장이다. 단 하나의 수단에 불과했던 일상적인 활동에 목적을 부여하고 그곳에 주의를 집중함으로써 그 자체가 목적이 될 때 자주 성취감을 느낄 수 있다. 또한 만족감도 지속적일 수 있다.

그 어떤 것도 마지막 결과물이 아니며 모든 것은 되어감의 과정이다. 물리적 실체는 끊임없이 변화한다. 결과에 연연하지 말고 행위 그 자체에 주의를 기울이자.

"행복은 행위다."

-아리스토텔레스-

　그림을 그리는 미세한 행위 하나하나에 목적을 부여한다면 완성된 그림에만 성취감을 느끼는 것이 아니라 캔버스에 변화를 만들어가는 매 순간이 황홀할 수 있을 것이다.

　목적은 달성 여부에 있는 것이 아니라 목적 있음과 목적 세움에 있다. 생각이 미래로 이미 떠나거나 결과와 지금의 과정을 비교하는 것이 아니라 지금 여기에서 목적지의 방향을 알고 있는 것이다. 진정한 목적은 미래와 결과 시점이 아닌, 현재 시점의 이정표와 같은 것이다.

　어려서부터 학습으로서 정확도만 요구받고 지나친 레벨업의 압박감을 느껴야 했던 우리는 결과에만 치중된 습관이 몸에 배어 있다. 과정 속에서도 최종 목표를 계속 손에 쥐고 있는 이에게 과정은 늘 '아직'이고 턱없는 '불충분'이다.

　작은 목표들이 성취돼가는 과정으로서 경험을 소중히 여기자.

　성장을 위한 노력은 필요하지만 '더'라는 개념 때문에 지금 갖고 있는 것에 대한 불만이 생기게 두는 건 문제다. '더'라는 것 역시 그저 방향성이 되도록 두자. 좋고 나쁨 또한 방향성의 개념으로 이해하자.

　좋음과 나쁨의 막대그래프에서 어느 위치에 있든 상관없이 어느 쪽으로 향하고 있느냐가 가장 중요하다.

아무리 나쁜 위치에 있어도 좋음으로 향하면 눈앞에 좋은 것투성이다. 아무리 좋은 위치에 있다 해도 나쁨으로 향하면 온통 나쁜 것뿐이다.

무조건 잘돼야 한다는 강박과, 무조건 잘될 수 있을 거라는 맹신을 내려놓자. 최선을 다한다는 것을 자신의 모든 에너지를 쥐어짜내야 하는 것으로 오해하지 말자.

어떤 일을 밤새도록 하거나 실신할 정도로 노력해야만 최선을 다했다고 말하지 말자. 최고의 위치에 오른 사람만이 최선을 다한 사람이라고 여기지 말자.

최선을 다한다는 건 자신에게 주어진 상황에서 온전히 주의를 집중하는 것으로 충분하다. 그 과제가 무엇이든!

하루에(혹은 삶에) 그 과제만 있는 게 아니다. 한 가지 일에 모든 에너지를 다 쏟아붓는 것은 최선을 다하는 게 아니라 지나치게 편협된 삶의 방식일 뿐이다. 우리는 밥도 먹어야 하고 잠도 자야 하며 운동이나 다른 일도 해야 한다. 최선을 다한다는 의미는 지금 여기에 온전히 주의를 기울인다는 의미, **딱 그거다.**

오해가 만든 반응은 이해로 멈출 수 있다.

감정이란, 생각에 대한 우리 몸의 생화학적 변화이자 반응이며

우리가 진정으로 이해하지 못한 것에 대한 반응이다.

이해가 안 돼서 적절하게 다루지 못했기 때문에 감정을 통해 발산된다. 두려움, 분노, 깊은 슬픔 등 부정적인 감정은 천방지축 아이와 같다. 이 아이는 혼내거나 가두지 말고 그저 따뜻한 이해로 안아줘야 한다. 그렇다고 그 아이에게 압도당하거나 휘둘려서도 안 된다.

휘둘린다는 것은 함께 반응한다는 의미다.

생각에서 감정으로 전환되는 연결고리는 반응이다.

생각에 반응하지 않는다는 것은 극단적이고 폭발적이고 자동적으로 끌려가지 않고 현상을 그저 차분하게 관찰한다는 의미다. 외부 조건이 아닌 자신의 반응으로 관심을 돌리고 그것을 이해하면 더 이상 외부세계를 자신의 감정의 원인으로 보지 않을 수 있다.

외부적인 발단에 대한 반응은 우리가 어쩔 수 없는 것이 아니라 선택의 문제다.

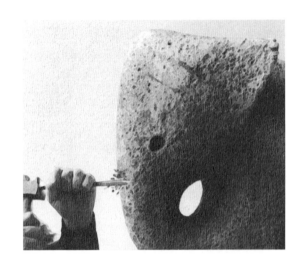

단순화

불필요한 모든 것을 걷어내는 작업

"단순하게 설명할 수 없다면
충분히 이해하지 못하고 있다는 것이다."

– 아인슈타인 –

미켈란젤로는 "코끼리를 어떻게 조각할 겁니까?"라는 질문을 받고 이렇게 대답했다. "큰 돌덩이를 가져와 코끼리가 아닌 걸 모두 떼어내면 되지요."

단순화는 본질을 찾기 위해 그것의 저해요소를 떼어내는 것이다. 군더더기를 모두 떼어버리면 본래의 모습, 즉 본질만 남는다.

피카소, 브랑쿠시, 말레비치, 몬드리안 등 수많은 근대 미술가가 끊임없이 본질을 드러내기 위해 불필요한 모든 것을 걷어내는 작업을 했다. 불필요한 모든 것을 걷어내면 진짜가 드러날 것이다.

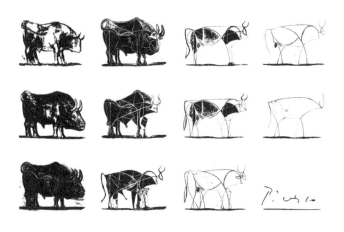

피카소가 60대 중반에 그린 〈황소〉연작은 그가 사물의 본질에 다가가기 위해 얼마나 노력했으며 또한 어떻게 군더더기를 줄여가는지를

보여주는 위대한 작품이다. 실제로 이 그림은 미니멀리즘 디자인을 대표하는 회사 애플에서 직원 교육용으로 사용하고 있다고 한다.

현대인들은 복잡하고 피곤한 삶 속에서 힐링을 얻기 위해 단순한 형태의 환경을 선호하기 시작했다. 나는 Less is More라는 심미적 원칙에 입각해 최소한의 디자인을 추구하는 미니멀리즘에 열광한다.

느낌은 정서적 성향이다.

느낌은 우리가 내면으로 깊이 들어갈 수 있게 하며 감정과 마음을 초월하는 고차원의 이해이자 표현이다.

예를 들어 즐거움은 감정이고, 기쁨은 감정을 초월하는 느낌이다. 진정으로 느끼기 위해서는 고요하고 명료한 내면의 중심과 접촉해야 한다. 내면이 아닌 바깥세상의 상황을 문제의 근원으로 여기는 것은 그 상황에 대한 피해의식에서 비롯된 상태다.

두려움, 분노, 슬픔과 같은 무기력한 감정들이 동반된 채… 그 감정에 자동으로 따라온 기분은 그렇게 우리의 삶을 물들여놓는다.

내 상태에 대해 완전한 책임을 지겠다고 다짐하면 나의 기분을 내가 원하는 방식으로 선택할 수 있다.

자신의 삶을 제대로 '느끼지' 못하면 실상을 정확히 이해할 수 없다.

'느낀다는 것'은, 우리가 모든 것과 분리되어 있지 않음을 이 순간 온 몸으로 이해하는 것을 말한다.

음미하는 것이다.

나를…!
지금…을
알고 있는 것이다!

연인의 사랑은 단순하다.
사랑 그 자체보다 중요한 것은 아무것도 없다.

사랑 이외의 다른 군더더기들 때문에 관계가 복잡해지고 어려워지는 것이다.

그리고 감탄하라
WOW

모든 것이 감사함을 알아차리는 것

WOW

온전히 주의를 기울여 관찰하면서 모든 존재는 다 아름답다는 걸 알았다. '끝내주는' 걸 찾아 헤맬 필요가 없었다.

그 아름다움들은 '끝'이 없었다.

끝없이 펼쳐진 지금 이 순간을 온전히 느끼게 했고 감탄하게 했다.

생각에 주의를 빼앗기거나 익숙함에 무뎌져서 놓치기 쉬운 일상의 디테일들을 알 수 있었다. 사소하고 평범한 일상은 결코 당연하고 하찮은 것들이 아니었다.

아름다움을 알아차리고 나서야
그것에 대해 감사할 수 있었다.
감사하면서 감탄했다.

모든 일상은
그 자체만으로도 작품이 될 수 있었다.

내가 숨을 쉬고 있다는 것 역시
놀랍고 감사한 일이었다.

지금에 몰입하라
NOW

현재를 음미

밥을 먹고, 커피를 마시고, 일을 하고, 대화를 하고, 걷고, 숨을 쉬고, 무슨 행위를 하든지, 나는 온전히 그 행위를 음미하지 못하며 살았다.

열심히! 열정적으로! 산다는 핑계를 대면서 나는 정말 바빴다.
밥은 연료일 뿐이기에 최대한 빨리 먹으려 했고
먹으면서도 일 생각을 했다.

커피를 마시면서도 생각에 빠져 있었다.
생산적인 생각을 멈추면 안 된다고 생각하고 열심히! '생각'했다.
숨을 쉬는 걸 인지하지도 못했고 깊은 한숨은 퇴근 후 딱 한 번 쉬었다.

언제나 앞을 계획하고 앞만 보고 빨리 달렸다.
지금은 훗날을 위해 참고 버텨야 하는 것으로만 여겼다.

그게 열심히 잘 사는 거라 생각했었다.

지금

진짜는 지금 여기에 있다

항상 여기를 떠나 다른 곳에 가 있고 싶었다.

중요한 것은 언제나 여기 있었는데
그 가운데 내가 없을 뿐이었다.

내가 그렇게 소중하게 여기는 그때는
지금 여기엔 없었다.
그저 가상현실이었을 뿐.

과거의 일도 그때의 지금에 일어난 것이고
미래의 일도 그때의 지금에만 일어난 것뿐이었다.

현존

지금 여기에 존재하기

시간은 '어떤 때'와 '어떤 때'를 직선적으로 연결하는 것이고
'지금'은 시간이 아닌 바로 '이때'이다.
너무 작아서 보이지 않는 찰나이기도 하지만
지금 이외에는 존재하지 않기 때문에 크기를 논하는 것이 무의미하다.

내가 존재할 수 있는 유일한 방법은 지금과 접촉하는 것이며 지금을
있는 그대로 경험하는 것이다. 생각하는 동안 나의 마음은 여기에서
멀어졌다.

여기 있지만 여기에 없었고

보고 있지만 보지 못했다.

진짜를 본다는 것은 시야에 들어오는 모든 것들과 왜곡 없이 만나는
것이었다. 차별 없이 모두를 나의 인지 안에 포함시키는 일이었다.
내가 전체의 일부임을 아는 것이었다.
진짜 본다는 것은 내가 지금 여기에 있음을 느끼는 것이었다.

집중해서 봄

지금 하고 있는 일이 가장 중요한 일이다

이것이 바로 몰입이다.

모두가 같은 것을 보지는 못한다. 타고난 성향부터 학습된 편향 같은 온갖 요소가 세상을 받아들이는 방식을 다르게 한다. 그렇기에 선택적으로 정보를 수집하며 무의식중에 자신의 믿음을 지지하는 자료를 찾고 그렇지 않은 자료는 무시하고 만다.

나 역시 완전한 집중은 부정하거나 거부하지 않고 받아들이는 것임을 모른 채 너무도 오래 살았다.

몰입.
아인슈타인은 몰입적 연구활동을 천국으로 가는 길이라고 했다.

몰입은 무언가에 흠뻑 빠져 있는 심리적 상태다.
현재 하고 있는 일에 심취한 무아지경(無我之境)의 상태다.

무아지경이란 정신이 한곳에 빠져 스스로를 잊어버리는 경지를 가리키는 말이다. 자의식은 사라지지만 자신감은 커진다. 세상을 이해할 때 몰입이 가능해진다. 모든 주의력이 지금의 과제에 집중되고 시간의 흐름은 느려지고(결국은 사라지고) 마음속 잡담은 멈춘다.

음미란,
내가 내 삶의 주인이 된다는 느낌이었다.

그러나 우리는 너무 빠르게 움직이고 해야 할 일들을 처내가는 과정에 급급하다. 눈, 코, 입, 귀 등 몸의 감각을 잊었다. 그러다 보니 감각이 더 메말라가고 만족감을 느끼기 어렵게 돼었다. 온몸으로 제대로 느낄 수 있다면 숨 쉬는 것만으로도 행복할 수 있음을 몰랐다. 진정한 소확행은 음미할 줄 아는 것에 있었다. 심지어 불만족도 제대로 음미하고 나면 만족으로 바꿀 수 있었다.

덥다고 해서 사람은 쉽게 죽지 않는다. 더워서 죽겠다고(반응) 하지 않고 여유 있게 그저 더움을 느끼면 더워서 불쾌한 생각은 점차 물러나고 그냥 자연스러운 지금의 온도만이 느껴질 뿐이었다.

나의 마음이 어떤 상황이나 대상과 온전히 함께 있어서 그 어떤 것도 나를 간섭하거나 나를 휘두르지 못할 때, 충만함을 느낄 수 있었다.

평정심을 찾아서

흔들림 없는 마음

반드시 해낼 거라는 믿음

무엇과도 싸울 수 있는 깡과 열정

나는 이런 게 진짜 용기라고 착각했다.

무한 긍정이라는 이름으로 광신도처럼 나의 성공을 믿었다.

나는 그렇게 배웠다.

그래서 난 늘 화가 나 있었다.

화를 연료로 이 무서운 세상과 싸워 이겨야 했기 때문이다.

반응.
의식과 관계없이 일어나는 것.
의식은 객관적으로 아는 것.

반응이란
글자 그대로
다시(re) 하는(action) 것이다.

평정심,
흔들림 없는 마음.

평정심은 내·외부 자극에 동요되지 않는 편안하고 고요한 마음이다. 무의식의 소란이 멈춘 상태이며 모든 가능성을 향해 패기 있게 열려 있는 여유로운 마음이다.

모든 것을 객관적으로, 있는 그대로 만날 수 있다면 삶에 어떤 일이 일어나도 나는 미소 지으며 받아들일 수 있다.

"삶의 모든 흥망성쇠를 마주할 때
마음이 여전히 흔들림이 없고 탄식하지 않고
항상 안전하다 느낀다면 이것이야말로 가장 큰 행복이다."

- 붓다 -

Let it go_ Let it be
냅 둬

[Let it go]
'그냥 가게 놔주다.'
(반대: 애쓰다, 억지부리다, 집착하다, 붙잡다, 막다)
직역하면 '그것을 가도록 허락해'라는 의미.

모든 일은 그럴 만하니까 일어나는 것.
안타깝거나 만족스럽지 못해서 아직 상황을 종료시키지 않은 과거
들은 이제 놔주라는 얘기.

[Let it be]
'그대로 놔둬라, 내버려둬라, 순리에 맡겨라'
직역하면 '그것이 존재하게 허락해' (혹은 '내버려둬')라는 의미.
be는 존재의 의미.

살고 싶어 환장한 우리처럼 저들도 그저 살고 싶어서
안달이 났을 뿐.

우리가 그저 존재할 뿐이듯 그들도 마찬가지.
억지로 막으려 하지 말자.
흐르는 것을 막으려 하지 않고
모든 것이 그대로 그냥 존재하도록 놔두자.

비틀즈와 엘사의 합동공연

틈 (사이공간)

자연은 세상을 빈틈없이 채우지 않았다

나는 끊임없이 생각하고 계속 무언가를 '한다'.

이제 행동과 행동 사이
그리고 생각과 생각 사이의 틈을 찾아야 한다.

그 사이에 휴식이 있다.

사이공간에 평화가 있다.

틈은 만드는 것이 아니라 발견하는 것이라고 했다.
틈을 찾으려는 의지가 있느냐 없느냐의 문제라고 했다.
틈은 언제 어디에나 있다고 했다.

낮과 밤 사이에
저녁이 있고
밤과 아침 사이에
새벽이 있듯
생각과 생각 사이
들숨과 날숨 사이
그 사이공간에
쉼이 존재한다.

자연은
세상을 빈틈없이
꽉꽉 채우지 않았다.
세상 만물은
사이 공간을 매개체로
서로 연결되어 있다.
무념의
틈새를
찾아야 한다.

호흡

진짜 중에 진짜

breathe

호흡은 모두에게 있으니 욕심이 없다.

그러나 호흡은 내면의 가장 큰 활동이다.

들숨과 날숨의 생생한 느낌을 통해 **우리가 존재함을 '알고'**, 지금 여기에 모든 다른 존재와 함께 이 공간 속에 **살아 있음을 '느낄 수 있게'** 하는 것 **그것이 호흡이다.**

호흡은 들숨과 날숨의 연속적 행위다. 들숨과 날숨의 지속적인 균형이 우리를 있게 한다. 호흡이야 말로 진짜 중에서도 진짜 진짜다.

호흡을 관찰하는 것만으로 현재를 제대로 느낄 수 있다.

숨은 우리가 쉬고 싶지 않다고 해서 쉬지 않을 수 있는 게 아니다.

숨은 폐를 가득 채우고 날숨과 함께 다시 비워진다.

더 채우려고 하지 않고 더 비우려고 애쓰지도 않는 자유롭고 순수한 현재의 행위다. 들어오고 나가는 자연스런 호흡을 우리가 의식적으로 느낄 수 있다면 그 어떤 편견이나 분석 없이 있는 그대로의 관찰을 통해 생각과 감정에 휘둘리지 않고 이 순간에 머물 수 있다.

호흡은 심리적 상태와 상황에 대처할 정보를 준다.
마음속에 파괴적인 반응이(화, 두려움, 욕망 등) 일어나면 호흡은 비정상적으로 거칠어지며, 화학적 반응으로서의 감각이 몸 안에서 일어난다.
이런 순수한 호흡은 지금 여기에 머무르기 위한 대상으로 매우 적절하다. 무의식에 휩쓸릴 때 계속해서 의식으로(지금 여기로) 다시 돌아오기 위해서는 호흡을 통한 알아차림의 다리를 건너야 한다. 호흡은 지금으로 주의를 가져오기 위한 앵커(Anchor, 닻) 역할을 한다.

'숨'은 세상과 나를 이어주는 에너지다.
바람과 함께 사라지는 바람(원함)처럼 숨이 되어 들어왔다가 다시 나가는 바람(공기)처럼 나도 결코 고정된 실체가 아니라는 사실을 온몸으로 이해하는 것이 바로 호흡이다.
알아차림의 숨이 불어와 나의 낡은 정체성의 경계를 부숴버림으로써 호흡이 세상과 나를 하나로 연결시켜주고 있음을 알게 되는 것.
그리고 '나'는 결코 독립적인 존재가 아님을 이해하게 되는 것.

그것이 바로 몰입으로서의 호흡이다.

진짜 가능성

가능하지 않을 수도 있는 가능성

어떻게 다 잘될 거라고 확신하는가?

원하는 결과를 얻으려는 습관이 다 잘될 미래를 기대하며 살게 할 뿐이다. 가능성이란 앞으로 실현될 수 있는 성질일 뿐이지 긍정적인 결과가 일어날 수 있다는 뜻이 아니다.

실현될 수 없는 것까지 포함된 게 진짜 가능성이다.

미래는 아무도 모르기에 모든 것이 열려 있고 모든 것이 가능한 것이다.

이상적인 나(혹은 그)를 세우고 그것에 그(혹은 나)를 맞추려는 것도 어리석지만 지금까지의 모습 그대로 남아 있으려는(혹은 남아주기를 바라는) 것 또한 어리석다.

어떠해야만 한다는 무의식적 맹신을 내려놓고 모든 것은 이럴 수도
있고 저럴 수도 있다는 사실을 이해하면
나의 마음이 여유로워진다.

그럴 수도 있고(may be)
안 그럴 수도 있다(my be not).

"고정된 존재라는 것은 없으며
오직 계속되는 흐름과 지속적인 생성의 과정만이 있을 뿐이다."

─붓다

embracing the pain

진짜 용기

인정하고 받아들이는 것

하면 된다!
불가능은 없다!
Yes! We Can!

음…?
아니다!
할 수 없을 수도 있다!
불가능한 것도 있다.
하면 된다, 안 되면 되게 하라고 외치며,
타오르는 불 속으로 뛰어드는 것은 용기가 아니라 광기다.

사회는 '할 수 없다'고 하는 부정이 금지되었으며
무조건 해내야 한다는 스트레스와
그렇게 할 수 없는 자신을 자책하며 우울해하는 악순환을 줬다.

'아니오'는 무력함과는 다르다.
진정한 용기는, 내가 할 수 없다는 것도 인정할 수 있는 태도다.
실패와 아픔을 솔직하게 마주할 수 있는 게 진짜 용기다.

대면

자신감이란
반드시 해낼 거라는 확신이 아니라
실패해도 괜찮다는 여유다.
모든 것을 인정하고 받아들이는 것이 진짜 용기다.

받아들이는 것은 포기가 아니다.
포기란, 불편함에 이유를 찾고 자기합리화를 시키고
비통함으로 자기 연민에 빠지거나 절망적인 현실에 좌절하고 주저
앉는 것이다.

하지만 받아들인다는 것은 수용이다.
나에게 다가온 현실을 왜곡시키지 않고
있는 그대로를 인식하는 것이며 나의 맹신과 고집스러운 욕망을 내
려놓는다는 의미다.

수용한다는 것은 피할 수 없는 상황들로부터 계속해서 달아나려는
부질없는 시도를 그만둔다는 것이며
자신의 문제를 있는 그대로 이해한다는 것이다.
자신이 느끼고 있는 고통을 억지로 부정하지 않고 내가 아프다는 것
을 인정함으로써 스스로를 위로하는 것이다.

이것이 세상을 대면하는
진짜 용기 있는 방식이다.

가짜 현실도피처에서 이제 그만 나와.

진짜를 알아차림

깨어 있음의 중요성

진짜든 가짜든 상관없이, 나에게 이득이 되는 무언가를 나는 늘 원했다. 그리고 그것을 얻기 위해서 나에게는 열정적인 생각과 감정이 필요했다. 어릴 때부터 나는 가짜의 문제성을 잘 몰랐다.

아무리 가짜라고 해도 내가 위로받을 수만 있다면 가짜는 나에게 필요한 존재였다. 가짜 생각들은 내가 진짜 현실로부터 도망칠 수 있게 하는 멋진 도피처라고 생각했다.

아픈 진짜보다 예쁜 가짜를 원했다.
진짜 불편보다 가짜 기쁨을 원했다.
하지만,
이제는 가짜 생각의 동굴에서 나와서
진짜를 마주할 용기가 생겼다.

알아차림.
알아차림은 마음의 '아는 특성'이다.
지금 이 순간에 의식적으로 명료하게 깨어서 무엇이 일어날 때 내가 그것이 일어나고 있음을 아는 것이고 매 순간 그때그때 나의 행위를 인식하고 있는 것이다.

알아차림이 없으면 나는 그 무엇도 경험할 수 없다.

진짜 세상은 알아차림이 있을 때만 볼 수 있다.

'진짜 나'는 깨어 있는 의식 그 자체이며 그것을 알고 있는 앎 그 자체다. 그렇게 깨어서 진짜 세상을 향해 나를 활짝 열고 나와 모든 존재가 하나로 연결되어 있음을 알아차릴 수 있다면 내가 이미 충만하고 외롭지 않은 존재임을 느낄 수(알 수) 있다.

진짜 좋은 것은 쟁취하는 것이 아니라 알아차리는 것이었다.

알아차림 역시
얻어지는 것이 아니라 인식되는 것이다.

알아차림은 촛불과 같다.
불은 스스로 빛을 발하여 스스로를
밝히고 주위도 밝힌다.

-욘게이 밍규르 린포체-

vayadhammā sankhārā appamādena sampadethā (Pāli어)
"모든 조건 지어진 것들은 변하니,
알아차림을 놓치지 마라
(항상 깨어있으려고 노력하라)."

- 붓다의 마지막 유언 -

"그러므로 깨어 있으라."

- 마태복음 24:42 -

"우리는 모두가 부처다. 모르고 있을 뿐."

– 욘게이 밍규르 린포체 –

"인간은 자기가 행복하다는 것을 알지 못하기 때문에
불행한 것이다."

– 도스토예프스키 –

* 부처(붓다, Buddha)는 산스크리트어로 '깨달음을 얻은 자'란 뜻

아무리 바른 자세로 앉아도
머지않아 다시 습관적인 자세로 흐트러진다.

하지만
삐뚤어진 자세를 내가 수시로 인지할 수 있다면
자세를 교정할 수 있듯

자주 알아차림을 통해
우리는 진짜 세상으로 다시 돌아올 수 있다.

걱정 마! 안 죽어

패닉 탈출

힘들어 죽겠다, 짜증나 죽겠다, 일하기 싫어 죽겠다는 말을 자주 하지만 우리는 그 정도로는 절대 죽지 않는다. 하지만 두려움 때문에 얼어버리거나 도망치거나 싸우게 될 것이다. 상사의 한마디 지적으로도 우리는 죽음의 공포를 느끼기도 한다. 무의식이 이렇게 속삭이기 때문이다.

"상사에게 인정받지 못했네? 곧 경쟁에 뒤처져서 결국 회사에서 잘리게 될 거야. 무능하다고 소문나면 다시는 아무 데도 취직하지 못할 거야. 그러다가는 아무 데서도 일을 할 수 없게 될 거고, 결국은 돈을 벌지 못해 굶어 죽고 말겠지."

혹은 일 잘하는 사람이라는 정체성의 소멸에 대한 공포를 느끼게 만든다. 우리는 그 어느 때보다 안전하고 풍족한 세상에서 살고 있다.
맹수, 전쟁이나 유행병으로 늘 죽음에 노출되어 있던 과거와 다르다.
할리우드 액션은 멈추고 지혜롭게 살자.

혹시라도 진짜 목숨이 위험한 상황이 온다 해도, 그 맹수나 질병이나 상황 그 자체보다 그것들에 대한 두려움이 우리를 죽이고 있다는 것을 이해하면 패닉에서 조금은 자유로워질 수 있을 것이다.

비즈니스

거래

나를 인정해주면(Give and Take)
아니, 받으면 줄게(Take then Give)

예의를 지켜준다면….
네가 먼저 하면….
시간이 된다면….
기회가 되면….
때가 되면….

안 아프면….
잘되면….
그러면
아니면
다음 생에 태어나면….

탓

잘잘못

원인규명을 하려는 이 세상을 우리는 정말 조심조심 산다.
행여 내가 어떤 문제의 원인제공자가 되지는 않을까,
모든 일이 조심스럽다.
내가 아니면 당당하게 남을 비난하고
내가 떳떳하지 못할 때에는
내가 그랬던 것처럼 남들도 나를 비난할까 봐 눈치를 본다.

잘잘못의 양극단 사이를 수시로 왔다 갔다 하는
나의 모습은 참으로 짠하다.
삶과 비즈니스를 한다면
나는 계속해서 변명거리와
탓할 대상을 찾게 될 것이다.

나라가 이 모양이라서....

상황이 좋지 않아서....

몸이 안 좋아서....

돈이 없어서....

비가 와서....

너 때문에....

이래서....

저래서....

그래서....

진짜 원인

결국 나에게

　여러 원인이 얽히고설킨 발생의 연속인 이 세상에서
하나의 원인을 찾는다는 건 애초에 불가능한 일이다.

　원인을 찾는 것보다 중요한 것은 닥친 상황에 대한 객관적 인식이
다. 문제가 있음을 인지하는 것과 문제의 근본적인 해결을 위해서 필
요한 진짜 원인을 아는 것이다.

　배고픔의 진짜 원인은 한동안 밥을 먹지 못했음이다.

　그러나 밥을 먹지 못한 이유는 복합적일 수밖에 없다.

마찬가지다.

안타까운 상황에 탓할 대상을 찾는 것은

진짜 원인 찾기가 아니며

시간 낭비일 뿐이다.

어떤 상황에 대한 원인이 무엇이고 원인 제공자가 누구이든

세상에 대한 지각과 그에 따른 우리의 내면 상태는 결국 우리 안에서

일어나는 일이며 내 상태에 대한 결정적인 책임은 스스로에게 있다.

조건 vs. 무조건

무조건 좋은 것

'어떤 일을 이루게 하거나 이루지 못하게 하기 위해
조건을 내건다는 건 내 인생을 세상에 맡기는 일이다.

조건 없이 하는 행동은 나의 손익과 상관없이,
　지금의 온전한 경험을 위해 나 스스로 주도적으로 결정한 행동이다.
조건 없는 행동은 내가 내 삶의 주인이 된다는 의미다.

미래의 조건에 의지하지 않고 지금 선택을 내가 직접 하는 진정한
자유의 행위다. 무조건적인 사랑이란 상대방에게 일방적으로 마음을
주고 맹목적으로 희생하는 것이 아니다.

아무런 조건과 대가 없이, 그냥 내가 좋아서 좋아하는 것
그(그녀)가 행복해서 내가 너무 행복한…

그런 거다.

조건이 없기 때문에 있는 그대로 받아들이고
있는 그대로를 사랑할 수 있다.

조건이 붙는 순간
좋은 것은 더 이상 좋은 것이 아니다.

진짜 좋은 것은 무조건 좋은 것이다.

진짜가 좋은 것이다

좋은 것은 없다.
모든 것이 좋은 것이다.

주관적인 좋음,
환상에서만 이뤄질 수 있는 환상적인 좋은 것이 아닌
지금 여기에 실재하는 **진짜 좋은 것**은
'있는 그대로의 모든 것'이다.

가짜 좋은 것에 환장하는 나에게 필요한 것은
진짜가 진짜 좋은 거라는 진실을 아는 것이다.

진짜면 된다!

꿈속에서 페라리를 타면 무슨 소용이 있나?
꿈속에서 아무리 끔찍한 사고가 난다 해도
아무런 문제가 되지 않는다.

진짜 좋은 것의 상대어는
진짜 나쁜 것이 아니라
가짜 좋은 것이다.

내가 가짜 나쁜 것과 가짜 좋은 것에 대한
감정과 생각에 빠져 있음을
알아차리고

지금 여기 이 순간
모든 것을 조건 없이
있는 그대로 받아들여
스스로 만족할 수 있으며
평정심을 찾는 것

그것이 바로 진짜다.

그리고
진짜가 좋은 것이다.

내가 나에게

진짜 좋은거

초판 1쇄 발행 2020년 7월 20일
초판 2쇄 발행 2020년 8월 10일

글·그림   O작가(오태훈)

펴낸곳   스노우폭스북스
편집인   서진

진행   하진수

마케팅   구본건, 김정현
영업   이동진

디자인   강희연, 오태훈

주소   경기도 파주시 광인사길 209, 202호
대표번호   031-927-9965
팩스   070-7589-0721
전자우편   edit@sfbooks.co.kr
출판신고   2015년 8월 7일 제406-2015-000159호

ISBN   979-11-88331-85-7 (03810)